张洁文集 ⑦

长篇小说

灵魂是用来流浪的

人民文学出版社

目　录

开篇 ………………………………………… 001
第一章 ……………………………………… 002
第二章 ……………………………………… 053
第三章 ……………………………………… 088
第四章 ……………………………………… 133
第五章 ……………………………………… 191
尾声 ………………………………………… 221

后记 ………………………………………… 223

每个人发出的声音，
只是他自己的声音，
而不是，
也不应该是终极真理。
如有同感，
或停下脚步稍作停留，
或彼此会心一笑，
而后各奔西东。
但那片刻的停留，
对踽踽独行、上下求索的人，
已是慰藉。

张　洁

时间是用来流浪的
身躯是用来相爱的
生命是用来遗忘的
灵魂是用来歌唱的

　　　　　吉卜赛民歌

开 篇

2006 年 1 月 1 日
中央电视台
早间新闻——
由于地球转速渐慢
北京时间当日 7 时 59 分 59 秒
时钟将统一拨慢 1 秒

第 一 章

一

如果一曲排箫,总在月黑风高的午夜低回,而它低回的音质又如残破的风,随着午夜的蓝雾无孔不入,同时也就无可阻拦地揳进不论"谁"的空间。那个不论"谁",难免不会陡生愁绪,不由得随着那一阵又一阵残破的风,沉下去、沉下去……哪怕那一天阳光明媚,万事顺遂,不愁衣食,不愁住行,可突然间,就有一种大撒手的沉落,当然,也可以把这叫作无缘无由的自由落体。

那当然不是中国的洞箫,而是印第安人的排箫,原汁原味儿。只有印第安人的排箫,吹奏起来才如刮过一阵又一阵残破的风。与中国洞箫的恬静、柔婉、细腻相比,真是差之毫厘,谬以千里。

换了谁也会不由得想,排箫啊排箫,你有着怎样的前世,才会变身为今生残破的风?

墨非才不相信那个鬼话——印第安人最早的那支排箫,是用死去恋人的骨头做的。这种说法,是不是太轻薄了印第安人的灵魂?

个人的情事再伤痛,再残破,也不能和来自一个种族灵魂深处的萧瑟相提并论。

世界上曾有那么多人种吹奏过排箫,都说它的表现力狭窄,渐渐将它淘汰出局,唯独印第安人对它不弃不离,痴情始终。

这种说法也许有表演上的考虑。多少年来,世界上能说得出来的、用排箫演奏的名曲,不就一个罗马尼亚的《云雀》?

所以墨非更愿意相信,排箫不是用来表演,而是用于一种别样的倾诉……

其实,关于排箫,墨非所知甚少,除了闻名全球的《云雀》之外,什么也不知道。而印第安人的排箫,也是在梅尔·吉布森导演的那部电影《启示录》里听过一次,而已。

仅此一次,却是挥之不去。犹如偶然间街头的一次邂逅,比经年累月的耳鬓厮磨更让人难以忘怀。

说不清这一曲低回的排箫是从哪里来的。隔壁那位"芳邻"?

不像。此人胳肢窝里常常夹的是一把吉他。

这栋老房子隔音甚差,说他们好像住在一个房间也不为过。那边放个屁、撒泡尿,甚至一条大便掉进马桶的声音,这边都听得清清楚楚,更不要说一曲低回的排箫。

想必对方也能清清楚楚地听到他的各种生存状态、所作所为,比如墨非带个女人回来的时候。这倒问题不大,反正都是短期行为。

问题是墨非晚上睡不着,早上起不来,常常迟到,于是便用麻绳在床栏杆上捆了一个破闹钟。这闹钟之破,怕是在地摊上也找不到了,也不知墨非是从哪里淘换来的。他的发小儿说,这才是真正的"雅皮"。什么"雅皮"不"雅皮"的,问题是哪怕闹钟放进墨非的耳朵眼儿,他也不能按时起床,为此他没少挨所长的白眼。

隔壁芳邻也不止一次敲着墙说:"你的闹钟没把你闹醒,倒把我闹醒啦!"此外,她也没有什么过激的抗议行动。为此,墨非觉得这位芳邻算是善良。

须知,他们的作息时间相反。墨非需要起床的时候,正是芳邻需要睡觉的时候——没有充足的睡眠,可能很难坚持每晚歌厅漫长的演唱。

看样子,那位芳邻并不刻意回避自己的行为。既然她不在意,作为男人,他又何必在意呢!

楼道里的照明本来就差,更兼灯泡时有时无。即便有人不耐黑暗,极不情愿地换上新灯泡,也是转眼就被人摘走。到了二十一世纪,还有人为一个电灯泡舍身取"益",除了说明这个社会的多姿多彩,还真不能用"贫困"这种字眼儿来解释。

尤其没有照明的时候。有时墨非半夜归来,恰好与同样是夜半归来的芳邻楼道相遇,只见三个幽深的黑洞陷在一个煞白煞白像是骷髅的面具上。上面两个黑洞里,似有冥火闪烁……迎面冉冉而来,还真有点儿恐怖。

如此这般,如果在什么场合,比如她不化妆的时候,与她相遇,相信墨非绝对认不出这位芳邻。

还有那些内容庞杂的电话……

比如:请等一会儿,保姆这就要出去,我得交代一下今天买什么菜……

——不要说她,就是这栋公寓里的所有住户,有几家用得起保姆?

比如:这几天老吃中餐,真让我吃腻了……不,不是,我那个法国烤箱坏了!

比如:墨非这厢有什么东西砸在地上,而她恰好又在打电话,立马就会在电话中说:"天呀,楼上不知什么响声,该不是我卧室里的吊灯掉下来了吧?"

…………

"爱情"话题自然是少不了的,大多调笑之词。但对象不一,看来还是个"劈腿"的行家里手,不知这种女人有没有真爱……话又说回来,如今世上还能找得着真爱吗?又何必对这个女人的"眼观六路,耳听八方"大惊小怪!

听起来对方大多是有点儿决定权的男人,当然是男人。为了演唱的合同或是分成,还有时间上的分歧、其他人的介入等等,死气白赖地争取,死气白赖地讨价还价……说下贱也不过分。

于是墨非感到了自己的幸运,如果他的生活也得这样死气白赖地争来争去,该有多么可怕。

不过有些电话又让人感到扑朔迷离。

比如和母亲的通话:不,您先别来,我忙得不得了,领导上让我到广州出差……不干吗,就是了解一下我们产品的销售情况……

如果生病在床——这也瞒不了墨非,听她在那边喘息、咳嗽的动静,就知道她病得不轻——她就会说:没事儿,没事儿,医生刚刚来过,给我开的都是好药,我跟这个医生是哥们儿,再说医药费有公司报销……

或是:爸,别省钱,我这儿不是赚着嘛,等我失业了您再省也不晚。这会儿,您就好好儿喝您那一口儿,我想喝还没您那本事呢!

再不就是:老二,我不在家,你可得好好儿照顾好二老,好好儿读书,别像我,没本事,只能干个没出息的小职员。你可是咱家的希望,咱家就等着你光宗耀祖呢!别担心上大学的钱,姐发不了大财,供你上大学的钱还是有的……

　…………

　　整个儿一个通俗小说。不过,这样的通俗小说让人心里有点儿发沉。何况墨非常常听到的不仅仅是电话、拉屎、撒尿、放屁、打嗝儿、说梦话、盘盏相击……更多的时候是哭泣、醉酒……

　　可是一出房门,黑咕隆咚的走廊里,没准儿一脚就会踢上她摆在门口的一堆空罐头盒。"当——"的一声巨响,不但让公寓楼已然隐在暗处的破败、寒碜原形毕现,也让墨非立马心生嫌弃,顷刻之间抛弃了体味这部通俗小说的通达。

　　打算拿空罐头盒去换香烟还是怎么着?!

　…………

　　即便如此,墨非也不愿意搬离这个鬼地方。

　　从另一方面来说,这午夜低回的排箫,简直像是一个对你毫无要求、毫无企图、体贴异常的伴侣。绝对不会用诸如有没有房子、有没有地位、有没有钱、爱不爱我、能不能永不变心等等问题来麻烦你。

　　再说房租便宜,地点相当,不论搭乘地铁或是公交上班,都很便当。

　　就说有这么一位像是住在同一间屋子里的芳邻,可毕竟不是住在同一间屋子里,那些声响不过声响而已,对他毫无控制权。

　　说到房子的优劣,何谓优,何谓劣?在墨非看来,没人搅扰就是上上。

　　忘了什么时候,在父母丢弃在垃圾桶里的废纸上看到过这样一首诗:"生命诚可贵,爱情价更高;若为自由故,二者皆可抛!"——跟那些革命老电影似的。

看看那时,为了对自由的向往,人们甚至可以抛弃生命和爱情。而他不过是拒绝住进一栋豪宅而已,离生命和爱情"皆可抛"的境界还远着哪。

…………

曾几何时,父母收集了这样的名句?哪怕是曾经的爱好。

每逢姐姐前来探望,十分钟就得捂着鼻子离去,难道这间房子真有什么气味儿让人受不了吗?

都是金钱惹的祸。在她和姐夫没有成为房地产大亨之前,她似乎没有这些毛病。

说到姐姐和姐夫在房地产界的地位,倒是仅次于那位买了最昂贵一款劳斯莱斯超豪华幻影汽车的房地产开发商。据说那部加长型劳斯莱斯幻影汽车价值二百二十万美元,拥有六点七升的V12发动机,最大功率为四百六十马力,车内安装有液晶显示娱乐系统等最新款的工艺设施……这可是劳斯莱斯公司董事长伊恩·罗伯森自己说的,不是他墨非夸大其词,道听途说。

姐姐和姐夫买的是第二辆,所以没能第一个登上伊恩·罗伯森先生的排行榜。不过话又说回来,幸亏姐姐添了这个毛病,不然谁受得了和她超过十分钟的接触?她一来就东问西问、东嗅西嗅,比如最近想些什么、什么人来过等等,说得不好听些,真像一只警犬。

这也是墨非不愿意住进他们那所豪宅的原因之一。说之一,是因为他还不愿意和父母整天摽在一起。

首先墨非受不了他们对他职业的不敬——经常似乎不经意地问道:"你们那个数学研究所,又有什么理论上的发展?"

显然不是对数学研究的赞美,而是对他们怎么有这么一个与女儿不同的儿子的质疑。

就是墨菲自己,也时常对自己怎么生在这样一个家庭不解。是不是妇产医院的护士把他和别人的孩子调了包?

他们以为发现一个数学定律就像母鸡下蛋,一天一个?

像陈景润那样的数学家能有几个?不要说中国,即便从全世界来说,也是凤毛麟角。

说到底,这个世界不过是由几个精英支撑着,其他人,不过是为这几个精英的创见打工而已。

比如那些应用物理学家,至今还不是在为爱因斯坦的理论打工?除非有人再发现一个什么可以改变世界或重新认识世界的定律。像父亲那样以为数学研究就像盖大楼,几个月就能见到一栋大楼拔地而起的想法,真是庸人之见。

再有就是他们包藏的那个祸心——总想给他弄个配偶。按照眼下的社会标准,他的家庭该让多少人心生艳羡。不知父母托了哪个祖宗的福,做了那样一个官,不用张嘴,不必担心落下以权谋私的名声,就能财源滚滚。

可他们也不想想,像他这一款男人,哪位出色、聪明的小姐肯托付终身?人家明白着呢,说到底,是父母能陪伴他终生,还是姐姐和姐夫的钱财随他调度?……人家感兴趣的是比尔·盖茨那种自己能生钱的男人。

而他又一百个看不起那些脑子里一穷二白,除了靠脸蛋儿敛财,什么也不懂的女人。这样说也不客观,其实她们各个都是street smart 天王,不然怎么钓起"鱼"来一钓一个准儿?比起那些对钱的来源挑挑拣拣的出色女人,也许更懂得"机不可失,时不再来",人家才不管是什么钱、哪儿来的钱呢,先敛起来再说。

两者之间孰优孰劣?有点儿像人们常常挂在嘴上的"租房

还是买房"那个故事,难以定夺。

其实,闹个女人还不简单,用得着他人操心?关键是保持一个什么关系,暂时的、一夜情的,还不是信手拈来?他自信还不是歪瓜裂枣。

最可怕的还是他们对"永久性"的向往……这个世界上,有什么东西是"永久"的?

实话实说,"永久"是唯心主义的概念。亏了二老还都是共产党员,从这一点上的觉悟来说,墨非觉着自己比二老那两位共产党还共产党。

就说二老,看起来似乎天长地久,没见他们掐架?那个你死我活啊!要不是姐姐操控,父亲早就把他的秘书包了二奶,就这,还不知道有没有地下通道呢。

说到姐姐和姐夫,共同的利益可能比婚姻更有劲儿地捆着他们。不知姐姐如何三弄两弄,就把他们二人的所有财产放在了自己名下,可想而知,姐夫胆敢离婚的后果。

他一直猜不透姐姐,哪儿来的那些神机妙算?连后脑勺儿都长着眼睛,天才啊!特异功能啊!

他的一个发小儿,还给他 E-mail 了这样一个故事:

The World's Shortest Fairy Tale

Once upon a time, a guy asked a girl, "Will you marry me?" The girl said, "NO!"

And the girl lived happily ever-after and went shopping, dancing, camping, drank martinis, always had a clean house, never had to cook, did whatever the hell she wanted, never argued, didn't get fat, traveled more, had many lovers, didn't save money, and had all the hot water to herself. She went to the theater, never watched sports, never wore frigid' lacy lingerie that went up her ass, had high self esteem, never cried or yelled, felt and looked fabulous in sweat pants and was pleasant all the time.

The end.

谁能说这只是一个 girl 的,或一个独身女人的快乐生活?对一个男人来说,何尝不是如此?

比起好些跟他情况差不多的人,墨非觉得自己还是孝顺的。

尽管挣得不多,可也没赖在家里混吃混喝,或在经济上搛哧二老、姐姐姐夫。至于他们送货上门,则不关他的事。

尽管回家指不定就会遭遇什么情况,隔三差五还是会去看望二老。有次周末回家,正赶上姐姐和姐夫闹腾一个 party。

女人们穿着袒胸露背的晚礼服,个个都说自己的晚礼服出自名家名牌,可是胳肢窝底下裂得像瓢镲,没有一处服帖,无论从哪一面瞄过去,都能一家伙穿越到对面那个胳肢窝,跟乘过山车似的那么痛快。人家真正出自名牌的晚礼服,该露哪儿露哪儿,不该露的地方,打死也露不出一分一毫,比如胳肢窝底下那一道上弧线。可在这些娘们儿眼里,以为只要把奶子露给男人看的衣服,就叫晚礼服。

尽管一旁有雇来的侍应生,男男女女却要自己动手,把雪碧、可乐兑进姐夫那些昂贵的红酒。侍应生也许喝不起这样昂贵的红酒,可是他们有过服侍人们喝红酒的训练,让这些侍应生服务,岂不等于限制了自己对红酒的放肆?是啊,你能要求姐夫他们怎么喝红酒?即便有点儿红酒常识,也是从饮品书上得来的。更兼大款们对所有文字的不耐、不齿,说他们的阅读状态"一目三级跳",比一目十行更为贴切,那点儿有关红酒的常识,自然也是支离破碎。

有个看上去似乎见过世面的女人,还用一个手指头在三角大钢琴上弹了两句眼下最流俗不过的《少女的祈祷》,多几个乐句都弹不了,因为下面紧接着就是变奏。

那个据说掌有通讯大权的肥油篓子,压根儿不懂机制雪茄和手工雪茄的根本区别,来两口机制雪茄就很英国地和人谈论雪茄的优劣。

时不时还冒两句英文……好像他们各个的祖宗都是来自白金汉宫的住户,而不是在天桥赶趟趟车、保媒拉纤儿或卖大力丸的。

…………

岂不知那一脸俗油,马上让他们露馅儿。

说也奇怪,那些动辄几万的名牌,把他们从头到脚包得严严实实,唯独包不住、塞不住他们的毛孔。内底里不知积攒了几辈子的俗油,挡也挡不住,呼呼地从毛孔里往外冒。

看来,世上毕竟还有"有钱难使鬼推磨"的地界。

闹得墨非反倒禁不住一次次去厕所洗脸,好像自己脸上也在不断地冒俗油。姐姐还问:"你怎么了,闹肚子吗?"

真是揣着明白装糊涂。

半夜三更的,墨非只好打的回自己家。

姐夫还说:"怪不得他天天晚上不吃安眠药就睡不着觉。这些毛病,都是吃安眠药吃的。看看那些吃安眠药的,哪个不是和他一样,怪毛病一大车!"

姐姐和姐夫为此还戗戗起来:"没文化的人才跟猪似的,倒头就着。"

姐姐可以编派墨非,他人编派就不行,包括姐夫在内。墨非觉得姐姐其实看不起姐夫,毕竟他们是京城见过世面,且隐形权力不低的高干出身,这年头儿,隐形权力就是人人眼红、无本万利的聚宝盆啊。姐夫呢,不过是靠卖小磨香油发家的外省青年。如果他们不是"政治局"的组合,墨非敢说,姐姐早就让姐夫下岗了。姐夫有他的优势啊,不论哪方面的关系,不论三教九流,没有他拿不下来的,不然这个在外省小县城里卖香油的,怎么能混进京城的"上流社会"?

哼,"上流社会"!

其实,姐姐对他的编派里更多的是娇惯。兴许是她自己没孩子的缘故,也就把他当作了自己的孩子。听听她数落自己的口气,真跟数落孙子似的。

再不,墨非就得和衣而眠,不然谁受得了来回搬动床上那些枕头的麻烦?

也不知姐姐听她哪位从法国回来的朋友说,法国上流社会人家的床上,总是摆满一对对精美的枕头,于是她也在家里的每张床上堆满一对对金光闪闪的枕头——这样说也许是对姐姐苦心经营的糟改,应该说是四周缀满滴里嘟噜花边的织锦缎枕头。那些滴里嘟噜的花边,常常使墨非产生一种不可遏制的踹它们一脚的欲望。

睡那么几小时的觉,却要把大大小小十几个枕头搬下搬上,真是没事好干了,想想都吓人。

第二天早上,姐姐叫墨非起来吃早饭的时候,见墨非和衣睡在床上,还大惊小怪地问:"哎呀,你就这样睡觉,不换睡衣也不睡到被窝儿里去?"好像他干了什么粗陋无比的事儿。

"这样睡觉怎么了……我从来不穿睡衣。"

"睡觉不穿睡衣?"一惊一乍,听上去就像谁强奸了他,而不是他强奸了谁。

"你这样说有没有良心?不论在家还是在你那个宿舍,哪儿没给你准备好几套睡衣?你的好些事儿我都不愿跟爸妈说……"

姐姐逮着机会就恶心墨非一回,这不,又把他那个家叫作"宿舍"。墨非白了姐姐一眼:以为我还跟女人一般见识啊!

"说又怎么样?烦不烦,我都三十了,还跟在幼儿园似的让你们管着!"

"赶快刷牙洗脸,吃早饭去,吃早饭去!晚上不睡,早上不起,都是坏毛病。"

"说谁呢?你们自己几点睡的!"

"我们几点睡不要紧,要紧的是几点起床。"

"我这就回去。"真是咸吃萝卜淡操心,他们怎么还不生孩子?生了孩子就没心思管他了。也许生不出来,谁知道呢。

"好了,好了,不说了。"不然墨非又是几个星期不回来,二老一问,又是她的不是。

…………

为了孝顺二老,这些扯淡的事墨非都忍了。唉,就连自己家人都体会不了他为二老做出的这些牺牲。

今天姐姐来了就说:"你不如出去旅行,比如说到地中海哪个小岛子上去晒晒太阳。数学研究所那里我去打招呼。签证、费用都不用操心,算是我送给你的生日礼物。"

什么叫有钱能使鬼推磨?此之谓也。

怪了,大夫也是这样说的:"你该多出去走走,晒晒太阳,或是多和人接触接触。"

现在经常听见人说"应该出去晒晒太阳"这句话,包括医生,是赶时髦,还是医学已经到了穷途末路、无计可施,只能靠

"晒晒太阳"的地步?

墨非只不过是受不了咯痰的声音。

大街,绝对是集咯痰大成之地。谁让他是个环保主义者,不买车、不开车呢?那就得乘公交车上下班。在这个城市里来来往往,就免不了和大众亲密接触。

比如某一天,也许是北京少有的可以看见云朵和蓝天的日子,于是心情不错地在街上好好走着,只听见"咔"的一声,紧接着又"啪"的一声,一口又黏又黄的大浓痰,就落地生根在你眼前。有一阵子,北京许多志愿者付出不少精力,去擦拭天安门广场上的口香糖"残骸",或是清理广场上的痰迹,最后也只好偃旗息鼓……他算是明白了一个真理,天底下绝对没有一种可以战胜中国人满地吐痰的武器。

墨非呢,只要一听见这声咯痰,马上觉得自己变成了如今已然绝迹的远古时期的某种动物,比如恐龙。后背,沿脊椎骨两侧,从颈椎到尾骨,立马夌起两溜巨大尖利的刺。然后,立马来个跳跃,尽量远离那口黏痰。那个跳跃的高度和距离,也许堪与创造了若干世界纪录的跨栏运动员刘翔一比。人在非常状态下,真能做出平时不可能做到的奇迹。

眼下人类看到的恐龙化石,沿后脊椎骨两侧是没有两溜这样巨大尖利的刺的。不过谁知道呢,也许在更远的古代,它们后脊椎骨两侧就曾有过这样两溜巨大尖利的刺也未可知。谁让它们认为未来一定比"当下"更美好,"进化"时没有留个"后手",义无反顾地一任沿后脊椎骨而生的两溜巨大尖利的刺消失得无影无踪?

然后,这种痛苦愈演愈烈。墨非甚至不能平躺在床上,总觉得那两溜巨大尖利的刺硌在背后,让他难以入睡……

其实,墨非需要的不过是几粒帮助入睡的安眠药和一个听不到咯痰的地方,其他方面并无异样。

多和人接触接触?和人在一起就得快快乐乐,不管你那时是否腿肚子抽筋,或者是否刚遗完精。

他也不明白,有人怎么那么傻×,竟然以为一张笑意盈盈的脸,必定属于一个快乐的人或是友善的人……知道"笑里藏刀"那个词儿吗?知道什么是"强颜欢笑"吗?……没事儿翻翻《辞海》行不行?

如果有那么一天,墨非有资格编纂辞书,一定要为"强颜欢笑"加上一条注解:世上最累人的行径之一。

不过这个生日礼物还不错。

墨非可不是什么模范工作者,工作上得懒就懒,得偷闲就偷闲。他与数学的缘分,无非始于中学时的一次数学竞赛,鬼使神差地闹了个全市第一,于是父母和他本人都以为他是个数学天才,便决定了他终生报效这个行当。结果是墨非不得不经常接受父母那些所谓不经意的、有关数学理论发展前景的提问,连他们自己都忘记了,他们才应该负责那个问题的答案。

当然也不能说全是父母的影响,墨非和数字的关系说也奇怪。在他看来,单那几个数字的形体就充满意味。好比那个"8",多么的性感,简直就像窈窕淑女那样婀娜多姿;而那个"2"又多么的奴颜婢膝,是一个求爱者还是一个拍马屁的奴才?那个"3"又多么的内敛,老谋深算;"1"傲然、枯燥,毫无道理地目空一切;"5"就像个奉公守法的公务员;"7"整个儿就一潇洒的公子哥儿;"9"难道真是中国人所期待的天长地久吗?只是这个"0"……眼下墨非还没有想出更形象的比喻——当然,不过眼下而已。

更不要说数字之间无穷尽的排列组合,还有排列组合后所呈现的无穷变幻的结果……

数学研究的主要对象就那么三个领域,一是数字的研究,比如 1、2、3、4、5……二是几何学、拓扑学,好比中学的平面几何、立体几何,数学家研究的当然是更为高深的几何;三是函数,就是方程的变化……墨非之所以在数学研究里选择了数字研究,可能和他与数字这份特殊的感情有关吧。

虽然号称数字研究者,但他没有什么建树。也许时机不到,也许功夫不到。

很多职业,是寂寞的职业,这种寂寞大了去啦!

也许终其一生都不会有结果,更不要说那种看得见的结果。谁能说这不是一种消费,一种世上最豪华的消费?

何谓最豪华的消费?

一掷千金?不,最豪华的消费是付出一生也不一定有收效的消费,且无怨无悔,乐在其中。

比如世人哪里知道,世界上有多少数学家为证明那个比哥德巴赫猜想与人类生存更加息息相关的庞加莱猜想,殚精竭虑一百年之久?

一百年!

皆因一百年前那个叫作庞加莱的法国数学家的猜想:在任何一个封闭的三维空间里,只要所有的封闭曲线都可以收缩成一点,那么这个空间一定是三维圆球。而人类的生存空间,地球、宇宙皆为三维空间,于是,破译庞加莱猜想就成为深入了解人类生存空间的入门,是对数学、物理学、工程学发展的重大贡献。

而对世人来说,了解不了解自己的生存空间,又有什么特别意义?即便当年轰动一时的陈景润研究的哥德巴赫猜想,又在多大意义上与社会生活相关?

据说意大利基耶蒂大学人类学研究所所长路易吉·卡帕索,历时三年,终于将达·芬奇左手食指指纹完整重现,指纹的信息还为解开达·芬奇身世之谜提供了宝贵线索。

同样,对世人来说,达·芬奇用右手或是左手作画,他是印第安人还是蒙古人后裔,和他们又有什么关系?

…………

试问天下,哪个大款能担当起这样的消费豪情?

每逢此时,想起自己的选择,墨非还是相当自豪。

在墨非看来,数字才应该叫作"万人迷"。人可以不与绘画有关,不与音乐有关,不与文学有关……但不能不与数字有关——

有谁忘记过点数自己每月的工资?即便失业者,每个月也有三位数的救济金让他心心念念;

再没有什么数字,能像信用卡上的密码那样,溶化在持有者的血液中;

和一个可能有点儿什么的小妞共进晚餐,心里不可能不嘀咕破费几张才能博得芳心;

连医生也不能似牛市、熊市的数字起落那样,自如地操纵股民的心脏搏动;

房地产商更是一分一秒也不会忽略楼盘的销量和每平米价格的上涨下落……

而墨非自己,不论多么烦躁,一看见那几个数字以及数字排列出来的队伍,浮躁之心顿时就安静下来,真是心有灵犀,好像有无穷无尽的话题可与之探讨……试问,有哪位所谓知心朋友,可以这样毫无保留地与之相向?这是一个不但没有理想、情操、品位等等的时代,更是一个没有情义、情谊、情什么情什么的时代……所以墨非老把姐姐姐夫的那帮朋友称作狐朋狗友,是不是很贴切?别看他们称兄道弟,说是"甭管有了什么问题尽管找我",大拇哥还往怀里一翘,真像那么回事儿似的,其实他们何时不在想着如何挖对方的墙脚?姐姐和姐夫那两个人精,难道看不出吗?也装得一个热泪盈眶。特别喝醉酒时,更是一副酒逢知己、酒后吐真言的架势。其实他们谁也没醉,一进家门儿立马换下那张脸,逐一核对饭局上的细节,进而分析敌友形势,活脱脱的一个"政治局会议"。

不过说到自己,又有几个交心的朋友?也是狐朋狗友一帮。真到了肝肠寸断的时候,有谁真能为你食无味、寝不安?别人对他如此,他对别人又何尝不是如此?

…………

好啊,旅行去,既然姐姐已经做好这样的安排,为什么不呢?管他是不是为了"晒晒太阳"。

墨非喜欢旅行。可惜他有一份朝九晚五、收入不多但旱涝保收的工作在身。仅就这一点来说,墨非很羡慕姐姐和姐夫,如果不是正在决策赚大钱的那个点儿上,想上哪儿,立马走人。

家里人也号称了解墨非的这个嗜好。

其实,他们并不完全了解墨非的所谓旅行,还有他到底在旅途上做些什么。

旅行对墨非来说,其实也是个相当含混的概念,甚至和他毫不相关。对于墨非,不如说是"流浪"更为贴切。不,当然不是那种被人称作"在路上"的感觉,比如坐在飞机上、火车上、长途大巴上,或是步行在即将到达某处名胜的当儿。

流浪,是在一个又一个荒野的,只有一个棚子、一张斑驳陆离的长椅,连个候车室也没有的小站上的"等待"。

等待着去到一个明知一旦到达,其实也就那么回事儿的地方。尽管知道等待后面那个孜孜以求的地方不过尔尔,可是还会上瘾地等下去。

说它们不过尔尔,不是指那些地界长得一模一样,而是说对等待、探求、结果预知的失望。或是说,你其实早就知道,这个世界上没有什么地方是那些既没有前景,也不知来处者的停泊之地。

二

不用猜,完全是哪本闲书上看来的一句话,比如:"从落地窗看出去,是湛蓝的地中海……"

你以为姐姐会看什么书?她的品位不过如此,或是说,目前中国所谓上流社会的品位,不过如此。于是,为他选中了地中海这个景色最为宜人的小岛。

从机票到下榻旅馆以及一路行程,也极为详尽地打印若干份,他一份,姐姐姐夫、父亲母亲各一份。想不到一向难缠的墨非,这一次出乎意料地俯首帖耳。

尽管父母、姐姐姐夫都是人精,可也不想想,毕竟他是当年数学比赛的状元郎。

关于这次出行,墨非自有他的打算。凡事他都毫无异议地听候姐姐安排,心想,小不忍则乱大谋,先把姐姐对付了再说,不然自己的计划就会落空。

临行前,他一面偷着乐和,一面把自己准备的有关这次出行的资料,哪怕是片纸只字,比如说此行真正的目的地、日程、交通工具等等通通扔进垃圾桶不算,还从未有过地勤快,把垃圾包及时送到垃圾车上,甚至把在 internet 上为这次出行查询过的网页删除两次——同样对数字有着特殊理解力的姐姐,不难从任何碎片上找到他的线索。对数字的高度理解,可以看作是他们这个家族的基因之一,尽管他们的数字概念在不同的领域各领风骚。

又把手机存进银行的保险箱,保险箱的钥匙随身带上。拍拍口袋,这就准备一身轻松地上路了。

谁知出发前一夜,从父母,也就是姐姐姐夫家辞行回来,却听见从隔壁传来十分压抑的男女恶声相向的动静。

这倒是从来没有过的。

是情人之间的爱情游戏?不像。男人所用言词极其猥琐下流,毫无情爱可言。

前因后果无从猜测,但明显的是男人想要非礼。这位芳邻的声线很有磁性,想来在歌厅卖唱时很能吸引男性听众,要不怎么合同一个接着一个?

听着听着,墨非感到男人的声音相当熟悉……对了,是姐夫的声音!想必有时姐夫也到夜总会去混混,怪不得今晚他去辞行时姐夫不在家。

可是天下不要说声音,就是相貌相似的人也多了去了,他不能仅从隔壁传来的声音断定就是姐夫。不过要是姐夫,墨非也不会感到奇怪,一个暴发户,不干这个干什么?再说周瑜打黄盖,一个愿打一个愿挨,关他何事!

据姐姐那个圈子里的人说,姐姐很漂亮,真是这么回事儿还是忽悠她?难说。天底下漂亮女人多了去了,可也不妨碍她们的老公包二奶、玩儿小秘,对不对?身为男人,墨非对男人有着女人不能超越的了解,还是那句话,男女之间有"永久""忠贞"这回事儿吗?还不如哥们儿之间情深意切。

墨非甚至没有为姐姐难过、义愤。就是姐姐本人知道了也未必义愤填膺,她和姐夫不过就是"政治局",只谈共同利益,不谈个人感情。再说了,姐姐也未必没有情人,不过她的情人也未必就是有情之人,恐怕也是一个"政治局"而已。时间不早,明天就要起程,还是赶快睡吧。

可是隔壁的恶声越来越大,也越来越为激昂,竟至有了彼此撕扯的声音,然后是大打出手了。

"叭——"一声脆响,干脆利落地捆在谁的脸皮上,毋庸置疑,那是一记耳光。手掌捆在脸皮上和拳头砸在身上这两种动静的区别,就像一百块钱人民币和五十块钱人民币的区别那样,是国人最为普及、最为深入人心的印象之一。

不过,谁打谁呢?

而后就是拳头着着实实地夯在一个实体上的声音。听不见芳邻的哭闹,只听见她抵抗拳打脚踢或接受拳打脚踢时的喘息,而且她的喘息越来越急促,想必是受不了了。受不了的结果如何?对这种女人来说,可想而知。

可是没有那个可想而知,而是发展到连桌子椅子都一起参战的声音。最后只听见她说:"你再走近一步,我就动刀了!"

连墨非这边听了都是一声浅笑,更不要说她的对手。

"别装蒜了,不就钱嘛,说个价儿吧。"

"呸……不要脸的家伙!"

"你跟我说脸?你有资格跟我说脸吗?"

…………

墨非真的不想听下去了,不过一集通俗电视剧。于是拿起电话,悄悄拨通了110……

警察很快就来了,带走了闹事的男人。

墨非从窗帘缝隙向楼下望去,一个背影,一个高低、胖瘦、影像都与姐夫极其相似的背影。墨非没有断定那个背影到底是谁的欲望,他只是想早点儿休息,当然也不能见死不救。而且墨非知道,他打的这个电话,解的不过是燃眉之急。就算这个背影是姐夫的背影,那又有什么关系？他还不是想什么时候从局子里出来就能从局子里出来？

....

第二天一早,姐姐送墨非去机场的时候眉头舒展,谈天说地,反倒让他确信无疑,昨天晚上警察带走的那个背影,正是姐夫的背影。

而这位芳邻的前景——哎,又不是自己亲的热的,想那么多干吗？

再看看一边开车一边谈笑风生的姐姐……突然感到了平时难以表述的姐弟之情,不禁说道:"姐,谢谢啦。"

姐姐什么都没说,只用手默默地拍了拍墨非的膝头。是啊,是人都有他人不能深知也不想让他人深知的领地,即便看起来老谋深算的姐姐。

当然,一切也没什么大不了,顶多像是不得不背着一个稍稍过重的行囊起程罢了。

三

到达中转机场后,墨非没有搭乘姐姐为他钦定的航班,而是改乘当地大巴——指不定什么时候姐姐心血来潮,就会查询他的下落。大巴,尤其是当地大巴,不像航班那样,具有诸多查询渠道。固然,信息时代,查询一个人的行踪已非难事,可话又说回来,谁没事儿去闹腾那么大的动静？

再说大巴还有随时下车的机动性,见了哪个地界有趣,可以马上跳下去……

而后又改乘当地人的小木船,继续前行。据船夫说,他们的行程为两日。

他毫不犹豫地舍去了姐姐为他安排的那个名人商贾云集的旅游"胜岛",自选了一个距那岛子相当远的名不见经传的小岛。

之所以选定那个目的地,并不是因为那地界有着与他的爱好八竿子打不着的关系,而是因为心底有个难以破除的迷信——越是离自己遥远的人,越是离自己遥远的地方,才越贴近自己。

但是,何谓遥远?都是相对而言,哪里有真正意义上的遥远?不过是自己给自己设置的一个念想罢了。

墨非仰面朝天地躺在不大的舢板上,心里偷着乐。这回,他们算是无法掌控他了。

小船飘摇,海浪打在船帮上,啪啪地拍出简朴的节奏,不轻不重,就像拍在他身上那样舒坦。这是豪华游轮上绝对听不到的、真正让人感到天高云淡的声响。

如果是姐姐和姐夫,肯定会乘豪华游轮,回来之后,免不了还会在博客上贴个帖子,说他们乘坐了世界巨星杰克森乘坐过的豪华游轮等等。

太阳果真如大夫和姐姐所愿,慷慨地照耀着墨非,而墨非顺手就把姐姐塞到背包里的防晒霜扔进了大海。一个男人,用什么防晒霜?男不男女不女的。

到了地方,墨非才背着背包寻找下榻之处。

几乎是在岛子的巅峰,墨非看到一家客栈,客栈的幌子上画着一个大大的"0",想必就是这家客栈的名号了。

挺不错的名号,真像为他准备的,如此贴切,看来他真的和

"0"有缘，于是决定就在这家客栈落脚。而后来的旅途经历更让墨非觉得，这客栈的名号，果然玄妙。

店东看起来很不热情，一副你爱住不住的样子。还得事先付款，因为墨非离开客栈那天，店东说他也许不在店内，无法结算，而且不收信用卡。

这倒不错，不然姐姐就能从为他提供的信用卡消费单上看出他的去向。墨非早就有所准备地提取了不少现金，像个乡下人那样，分藏在上下衣裤的各个口袋里，即便有所丢失，也不至于全军覆灭。

可是刚到此地，还没怎么消费，出手自然是大面额的钞票。店东说："眼下没有零钱，不过明天早上我会把找头儿放在你的客房门外。"

不给欠条也不给收据，对此，店东只有惜字如金的两个字："没有。"

这地方其实更适合叫做大车店。只有窟穴似的两间客房，更没有眼下已经普及到人头的席梦思——不过，在这样一个大车店，睡在席梦思上，是不是很滑稽？

曾经的壁炉"巨"大，烟熏火燎，很沧桑的样子，像是早年西方乡间那些既能取暖又能烹饪的万用炉。

壁炉前的石板地上铺着毛皮，上面扔着一个分不清颜色的枕头和一条同样分不清颜色的毯子。枕头和毯子看上去有些年头儿了，是不是很脏？说不清楚。这就是他要睡在上面的卧具了。

有一张桌子、一把椅子，粗大的原木以榫头连接。没有上过漆的桌面上，恣意纵横着资格很老的皱纹，皱纹里既藏着经年污垢，也藏着不知多少旅客的身份。桌上有个巨大的茶杯，第二个都别想找到,捣米石臼似的,一副举足轻重的样子。

躺下之后,大大小小的关节嘎巴嘎巴地从上到下好一阵响动,像是有人为他把全身的骨头捋了一遍,那个舒服!当夜睡得很香,居然没用安眠药。

第二天一早醒来,在那张硬如石板的床上赖了很久。奇怪,那张硬如石板的床,很让墨非留恋。

抬头一看,壁炉上方横着的石板上竟还放着几本书。

想必是从前的旅客看完之后便扔下没有带走的书,想必是这样的书也不值得他们一读再读,不过用来消解旅途的单调。店东也不是舍不得扔,而是不屑垂顾,一任这些书留在这里。墨非呢,如果不是赖在床上,也不会伸手取下这些书。

大多是旅游宝典、不甚高明的推理小说、扑克术,还有科技方面的普及读物……倒是有一本短篇小说集,还有点儿意思,便稍加仔细地浏览起来。

突然,一根翎羽从书里掉了出来,横纹,黑白相间。按理说,形状也没什么特别,可就是觉得少见,陌生。那种陌生感是遥不可及的,不像一般的陌生,只要有所接触,间距总会缩短,哪怕缩短一尺一寸,也是缩短。而这个陌生,你越是觉得贴了上去,就越是明白根本没有贴近的可能。

当然,也没什么特别,世界上各种各样没见过的事物太多了,何况一只飞禽?在这个远离世人骚扰的岛子上,肯定就有不少他不曾见过的飞禽。

墨非一面翻看着那本短篇小说集,一面不经意地用那根翎毛拨弄着下巴,偶一顾盼,原本无奇的黑白横纹,突然就有了意义。也许是职业习惯使然,墨非不能不注意到,翎毛上的黑白条纹是有规律排列的,几个黑色条纹之后,必有一条更宽的白色条纹作为间隔,而每组黑色条纹的排列数目并不规则,也许是五条,也许是六条,但白色条纹的宽度是相同的……

当然,这也没有什么特别。

然后墨非放下书,有意无意地数了数那几组黑色条纹的数目,排列下来是:1、366、560……所谓"0",就是直至翎羽的根部,再也没有黑色条纹组合的大段空白。

1、366、560……

什么意思?墨非想了又想,在记忆中搜来搜去,找不到任何可与这组数字搭接的链子,便继续读那本小说。读着读着,就有点儿读不下去,那根看起来毫无特别之处的翎毛,尤其是那一组数字,总在撩拨着他,让他放心不下。

1、366、560……什么意思?没什么意思,偶然而已。可是很多有意思的事,就藏在没什么意思的偶然后面。

墨非暗笑自己,难道想从这一组数字中爆个冷门,发现个什么"定律""猜想",然后一鸣惊人?他自嘲地一笑,伸了个懒腰,放下书,准备出去找些吃的。

一开房门,门前的石阶上,店东找回的房钱,按面值一溜儿排开,一分不少。墨非又在所谓前台上找到一些食物,不管是不是留给他的,也只好吃了再说。

食物有些单调,烤土豆和玉米汤,又找到一点儿烤鱼或烤虾,可惜都是冷的。好在不缺橄榄油和盐,用来蘸面包或蘸土豆都不错。

这才走出客栈,按照前晚店东说的方向下崖而去。

也许不能说是走,而是在几乎没有路的岩浆碎石上向下滑行。这样的路,如若不是当地渔人或店东这样的"地头蛇",恐怕谁也难以详尽一二。

尽管周遭火山岩浆已凝固亿万年,但安全性和可信性看上去却是那样可疑。也许一小时,也许一年,也许一百年之后,随时都可能会塌方的火山岩,松松垮垮、极端不负责任地悬在他头上。而且,谁知道它们会不会重新熔化……

然后穿过当年的海底——所谓当年,其中亿万年,弹指一挥间——现在已经是峡谷了。

天南地北地走过不少峡谷,但那些峡谷,已被不可抗拒的岁月固定为真实意义上的峡谷。而这一处峡谷,不但是墨非见过的最为狭窄的峡谷,而且显见地野心勃勃,决不甘心屈尊于峡谷的地位。比如,峡谷之上,分明凌空无物,却似乎仍然高悬着深不可测的海洋,或是说海洋的魂魄,如若不是两侧峭壁坚韧支撑,怕是早就压迫下来,势不可当地将一切淹没。

而峡谷尽头,大西洋的海水也似乎随时都会涌进……明知在这种地界连魔鬼也逃脱不了,可他还是有一种随时拔脚而逃的冲动。

经过一处墙壁、门窗、檩条早已被含有盐分的风雾腐蚀,被人废弃不知多少年的老码头之后,再也无路可走。也可以说他走进了大西洋,因为脚下就是浸在大西洋中的礁石,或是说凝固的岩浆。

墨非挑了一块礁石坐下歇息。举头仰望,盐雾弥漫,据说这样的空气对治疗哮喘极有裨益。

放眼远望,这才领略到何谓视野开阔——目极之处,海呈一道弧线,也可以说海沿地球的弧度下滑,这才感到地球果然是圆的……所谓地"平"线之说,是不是有点儿"鼠目寸光"?

下午,墨非又转向火山口。

整个小岛,其实就是一个火山口。如果没有当年火山的爆发,断不可能催生出这样一个小岛。

果然是个小岛。游人本就不多,六点不到,火山口上的游人早已散尽。整个火山口上,只有他这一介孤家寡人。

大风骤起,风萧萧兮,却不知从何而来。也许是从火山口下,也许是从海上,魁伟如墨非,也几乎被这不知从何而来的风从火山口上推入下面的深渊。

抵御着风的揉搓、推搡,墨非坚持沿火山口而行。走着走着,忽然就觉得像是行走在一只耳朵的耳轮上。

除了地球,谁还能有这样巨大的耳朵?琢磨来琢磨去,这个火山口,可不就是地球无以计数的耳朵中的一个?

溟濛中,墨非觉得,这只耳朵像是听见了他灵魂中从来不能对人言说的心事。

尽管,事实上他什么也没说;

尽管,他并不知道自己有什么从来不能对人言说的心事。

可这只耳朵,却让墨非凭空怀有了一份不能与人言说的心事,有了一份世上难觅的、知遇知己的喜悦。

而后,墨非又觉得那火山口是地球无数嘴巴中的一个……

而后,一个虚无缥缈、充溢于天地间的声音,也许是声声叹息,也许是一种气韵,不着痕迹地将他慢慢抱拢,断断续续地、却是在他耳边说些什么。

你能想象,叹息和气韵是可以说话的吗?

墨非环顾四周,除了头上的苍穹、周遭无际的空旷,就剩下他,如支楞在地球这只耳轮上的一根无依无傍的小草;或是一根被遗忘在地球这张大嘴上的孱羸、孤零、营养不良的胡须……哪里会有什么声音在他耳边述说!

天色渐晚,墨非的身影更像一枚剪纸,贴在除他而外别无一人的暮色中。尽管夜的脚步沉静得如此不动声色,它的侵蚀性却不可估量,墨非不由得打了个激灵。

但他依然徘徊流连,不忍离去,心中对解读方才那个声音的来龙去脉、含意,充满了渴望。墨非再度向火山口下望去,忽然想,也许那声音是从口下的深渊发出?这火山口究竟是地球无数耳朵中的一个,还是地球无数嘴巴中的一个?

难道是地球在对他说话?——当然不是。

可墨非确实感到了一个不知来自何处、何人的嘱托。尽管他不能明确地说出那嘱托是什么,尽管他似懂非懂,却十分明了那是何等郑重其事的托付。

…………

瞬间,太阳落入海中,天色却并不冥暗,留一片暮红、远蓝。

强劲的、把他揉搓推搡得东倒西歪的风,像骤然而至那样骤然而止。火山口下的深渊,立刻显出拒人千里的冷漠。如果说刚才还能对它朦胧地感受一二,眼下可就天是天、人是人地两不相干了。

就这样若有所失、心事重重地回到了客栈。

直至又看到那根横在床上的翎羽,突然意识到:尽管世上很多东西已远离人类视线,却似乎没有离开宇宙,说不定它们还在干预着人类的生活……好比这根翎羽,它为什么在这里,并在这时出现?

这难道不是一根儿来头颇为蹊跷的翎羽?

又怎能探知它的来历?

别说他没带着笔记本电脑,就是带了,这个小客栈也肯定没有宽带或无线网络,恐怕全岛子连个上网的可能都没有。

看来他还得乘船到他最不想去的大城市,找一个大型图书馆,或是一个著名大学,请教一位生物学方面的教授。

本是一身轻松的旅行,却让接二连三的意外变得颇为凝重了。墨非不得不收拾起一贯的吊儿郎当,甚至长吁短叹起来。

所幸在壁炉上方的石板上又看到一个葡萄酒瓶。昨晚那瓶酒不是喝完了吗？回眼，再看，原来是一瓶未曾开启的新酒，肯定是他今天出去时店东拿过来的。

昨夜，本是店东在前台摇头晃脑、有滋有味儿地独酌，自得其乐的样子着实让墨非眼馋，不由得上前问道："我能来一口吗？"

店东老大不情愿地给他斟了一个杯子底儿。一口下去，就让他瞪大了眼睛。此酒极像店东很少撒嘴的那只大如火炮的烟斗，让人印象强烈而难忘。

墨非不禁赞道："好酒啊！初入口时不露真容，至喉部方才有微苦回味，而后就是腌李子的甘香覆在微苦的回味之上——是南美那种李子，不是我们国产的那种。"

见墨非说得头头是道，店东才说，这是他自己酿制的酒。

再看看店东的脸，墨非就知道，只有这种不把任何事当回事的人，才能兴之所至地酿制出这样的美酒。

店东说："我每年自制不少葡萄酒，可从不出售，留着自己喝或送给朋友。这瓶酒是二〇〇四年酿的，因为日照关系，那年葡萄收成不多，只酿了三十多瓶，属于珍藏版，现在只剩下不多的几瓶了。"

说到这里，墨非马上就要为他那个杯子底儿付款。店东却说："无价。"显然是酒逢知己的待遇。

咂摸着葡萄酒留在口里的余香，心中却升起一片惆怅——今生今世，怕是再也不可能与店东这二〇〇四年自酿的美酒相遇了，即便店东自己，怕也酿不出与二〇〇四年同样的美酒了。美酒与艺术家的灵感一样，不可重复。

当然，店东还会不断酿出别的美酒，但此酒断断不会重来。这不是店东的问题，而是同样的日照、同样的温度、同样的雨量、同样的水质、同样的"等等",永远不会再现。

是啊,世上的事,又有哪些禁得住细想?宇宙万物,哪种不是昙花一现,此生不再?这是宇宙的无法无度,谁也不可能把握。

然而正因了这样的无法无度——说不定什么时候,一个贸然而至的际遇,就让你在某时某刻有幸一场"艳遇",比如眼下这杯此生不再的葡萄美酒,或昙花一现地睁开人类已然退化的第三只眼……

这一个杯子底儿,着实让墨非感怀不已。

于是打开壁炉上的那瓶新酒,接着再喝,不喝真对不起店东的另眼相看。

喝至微醺,倒头便睡。不睡又能如何?既没有电视,也没有收音机,更没有电脑,何况墨非真的很累。

朦胧中又见那支翎羽飘然而至,顿时睡意全无,爬起来拿着那支翎羽就到前台找店东。

店东不经意地看了看那支翎羽,说:"不是我的,也不知道哪里来的。"

"那么,你是不是知道这是哪位客人留下的?"

"更不知道了。"

见墨非很在意的样子,店东只好说:"你去后面的山崖上看看,是不是能找到什么线索。我记得好像在哪块石头上,看见过类似的岩画。"

根据这句渺茫的话,说墨非踏遍这个岛子上的所有山崖也不为过。有一处山崖,山形奇异,简直不像真实的山,好似被"巨"不可测的刀斧砍出来的道具。而山的褶皱又十分隐蔽,有些神出鬼没的意思,总是猝不及防地给他一个阴冷的照面,加之空谷无人,在里面绕来绕去,还真有点儿恐惧。

结果呢?结果算不上一无所获,也算不上有所斩获。

的确在一处山崖上看到了店东所说的岩画。可岩画上并没有翎羽的图案,差不多全是狩猎的情景,还有野牛、豹子、长了羽毛的蛇等等,基本上全是动物,只有一个男人的头部特写——大头大耳,大脸大嘴,大眼珠子。

岩画上的男人有些突如其来,与岩画上的狩猎、动物等等毫无关联地举着一个排箫。

在北京时,"夜夜笙歌"的排箫,怎么又在这里遭遇?还给不给他留点儿空间!

只是那排箫非比寻常,其大无比,竟排列着如管风琴一般多的管子。这到底是排箫还是管风琴呢?

难怪男人有着那样的大脸大嘴,不然,如何吹奏这样大的排箫?

想必此岩画与印第安文化有关?

而后,墨非试图数一数排箫上的管子,可是数来数去,每一次的数目都不一样。他不禁失笑,一个数学研究所的专业人员,居然连手指头都掰不清楚了。

有一次,竟然数出了1、366、560!……再数,又不是这个数了。再数,不对,再数……还不对。最后,墨非断定自己是对那组数字走火入魔了,不然不会在这里又和它们相遇。

数排箫上的管子费去墨非不少时间,回到客栈,已然很晚。这当然和他数度迷路也有关系,其实后山并不很远,有些地段,昨天还曾来回往返,今次回来却认不得了。真有点儿奇怪。

"迷路"又意味着什么?

墨非反问自己。

有那么一会儿,墨非似乎忘记了这个并不值得费神的小事,可不一会儿,这小事又浮上脑际。

也许这就是姐姐和大夫们让他"晒晒太阳"的缘故?然而,是因为他对任何事物都要探个究竟,还是他人可以忽略不计的事,到了他这里却不可忽略?

四

来到省城,随便在哪儿都能到 internet 上遛一趟,或随便到哪个大型图书馆遛一趟,也很容易就查到各种各样已然在世界上消失,或还没有消失的古里古怪的禽类的资料。

墨非查到一种叫作克雷肯克的鸟。这种鸟的羽毛跟他遇到的翎羽,似乎有些相近。

有关这种鸟的传说十分神道。说是古代印加王头上佩戴的、作为王者独有的标志,就是克雷肯克鸟那大若鹰隼、黑白相间的两根大翎羽,尖端朝上,下端挨在一起。而且那两根羽毛必须是一对儿,就是一根源于雌鸟,一根源于雄鸟。谁也不知道这种鸟来自何方,只见雌雄各一,就像国王和王后,栖息在难以攀登的雪山脚下的一泓池塘中。尽管世上有无数的雪山、荒原、池塘,人们却再也找不到同样的这样两只鸟,所以,除了印加王和王后,谁也不能佩戴它们的羽毛……

他特别注意到,"羽毛的颜色黑白相间"这一句。

谁能想到,由那组数字而起,又让他接触到了如此玄虚的传说。

紧接着,又在别的条目里看到,其实这种鸟很多,后来不少人佩戴这种鸟的羽毛,以示自己出身王族血统……

这还差不多,"只有独一无二的雌雄一对儿",实在过于玄乎,让人不能不讪笑此说之无稽。

然而"相近"和"确实"的区别,是原则上的区别。

无论如何,这个克雷肯克鸟,以及由这鸟引申出来的古代印加文化,引起了墨非的兴趣。

再说,他看到的这根翎羽,肯定是克雷肯克鸟的羽毛吗?墨非使劲摇了摇头。千万不能误入歧途,他又何必追究这根翎羽的来历?对墨非来说,最重要的是数字!

数字!

图书馆的一天很累,晚上自然到酒吧喝一杯。

酒吧生意很火,几乎没有空位,如若不是吧台上的一个顾客起身,墨非也许就得改换另一个酒吧。

那样,墨非也就不会邂逅秦不已了。

吧台上,墨非看到一个独饮独酌的女人,瘦得像蛇,喝得却大刀阔斧、旁若无人、所向披靡、一往无前,就连他落座她旁边的时候,也没有给他一眼。

墨非并不是为了和这女人搭讪——尽管她看上去像是亚洲人,比如日本或是韩国——只不过这个酒吧很火,没有其他座位而已。

女人不算老,可也不算年轻。看似满脸沧桑,但又不乏活力,甚至很"酷",是国内少见的那种"酷女"。国内的"酷女"多半是演出来的,禁不起招呼,一看就穿帮。

这可能就是墨非没有把她设想为中国人的原因吧?

特别是她的屁股,小、紧、上翘,臀位靠上,很像非洲女人的臀部。

身上不过一件T恤,束在一条古典式的牛仔裤里。可见她很自信,用不着穿那种自二〇〇三年以来世上百分之四十的女人都酷爱的裤腰掉到耻骨的裤子,以展现自己的身段。

不知那些女人怎么想的,难道裤腰掉到耻骨,就能找到 Mr. Right 了吗?真正的 Mr. Right,未必会喜欢一个裤腰掉到耻骨的女人。尽管墨非不是 Mr. Right,他也绝不会找这种女人干点儿什么,更不要说纳入内室。

只是腕子上佩戴的那块手表"巨"大,堪比小闹钟。也许那是一种新式的功能超强的手机、相机加手表?谁知道呢,如今的手机花样越来越多,据说不久即可代替信用卡等等。

这女人难免不引人注意。倒不是她有什么沉鱼落雁的容颜或身上有什么妖气,相反,她的眉头里藏着深深的执拗,微微咧着似在微笑的嘴唇上翘着皴裂的干皮,这样的嘴唇需要滋润。只见她懒洋洋地转动着秀气而冷漠的双目——她身上一切都活着,只有那双眼睛是死的。

她一定受过极为惨烈的伤害或折磨。

可那眼神儿里又有男人的镇定、残忍、亡命、死不回头、说放手时便放手……不过肯定是个你感到郁闷时可以一起喝闷酒的哥们儿。这种哥们儿,不用和他说什么,一起闷头儿喝就是,喝完了,你的心情也就疏朗了。

这种哥们儿也不多,你的日子里能有那么一两个,有时甚至独一无二,就算你运气。

不得不承认,她是吸引人的,但不是迷人的。

墨非自知不是她对手,连试也不想试。世上有些东西只是用来欣赏,而不是用来使用的。

再说,日常人们热衷的那些事,哪一样能让他忘乎所以?他是该为自己这种岿然不动,什么事情大多看得很淡很清楚的角色庆幸,还是遗憾呢?

酒吧的小乐队真是不错,不是煽情而是忘情,如同酒吧里只有他们这几个为音乐忘乎所以的人。

墨非禁不住跟着音乐手舞足蹈起来,一不小心碰倒了自己的酒杯,溅了身旁的女人一身。

"对不起!"他忙用英文说道。

"没关系。"她却用中文回答。

"你怎么知道我是中国人?"他惊诧地问。

"从你喝酒的方式。"

喝酒的方式?中国人喝酒与西方人有什么不同吗?却不便问个究竟,想必这是个见多识广的女人。

也许可以请她喝一杯。既然都是中国人,算是他乡遇故知吧,也是致歉的一种表示,无论如何溅了人家一身酒,让他很是不安,便说道:"我能冒昧地请你喝点儿什么吗?"

见她沉思片刻,以为她在考虑选什么饮料,不觉多事地问道:"咖啡?"

话一出口,马上后悔。傻了吧,这种地方,居然问人家喝不喝咖啡?

果然人家说:"对不起,我晚上不喝咖啡。"

"那么就请赏光喝杯红酒?"

她没有回答,只是似笑非笑地咧了一下嘴。

又傻了吧!

"那么请问你想喝点儿什么?"

秦不已想,这男人看上去一副与世无争的样子,不,也许是一种慵懒,一种少见的、华贵的慵懒。对一个男人来说,这是不是意味着不能顶天立地?也许她欠缺的、羡慕的,正是这么一点慵懒。

记不清多少年了,秦不已一直被挤在一个死角。不,不是谁,谁也不能对她这样纠缠不已,只有她自己才能这样挤迫自己。

看了看对方那有些期待的眼睛,秦不已说:"好吧,"好在她还没有喝尽兴,"那就来杯白兰地。"然后扭头对酒保说,"Single malt scotch(苏格兰威士忌),please."

好厉害!

她没有要 pina colada(朗姆酒)或是 martini(马提尼)之类,而是"malt scotch"。

看看她眼前的杯子,的确是喝威士忌的杯子,这杯 malt scotch 显然不是与他寻开心。只是不知道这是她的第几杯——不管第几杯,却全无醉意。

酒递过来,她像个沉稳、成熟的男人,安安静静、一口一口、稳稳当当地喝着。看看她喝酒的派头儿,就知道这是个相当成熟的酒客,而不是酗酒的酒鬼。

与她搭话,回答也很简洁。在专心致志地品酒还是在想心事?都不像,是个不爱说话的人吧?更套不出她是居留在此还是公差还是旅游……问她什么,也就一笑了之,但又不是城府很深的样子。

"这个女人不寻常……"他想起京剧《沙家浜》里刁德一的唱词儿。那么,他是否也要"旁敲侧击将她访"?

墨非这样想着的时候,秦不已却放下了没有喝完的酒杯:"对不起,时间不早,告辞了。谢谢你的酒。"说罢,翩然转身离去,根本没有给墨非"机会",比如,能不能留个电话或是地址,能否再见等等。

墨非也没有想要再和她有什么联系。不过,当他坐在吧台上,看着她的背影在熙熙攘攘的人群中渐渐消失的时候,还是有些怅然。

第二天,墨非又到 M 大学拜访一位著名的古生物学教授。没想到古生物学家竟对这根墨非视若珍宝似乎"奇货可居"的翎羽不屑地说:"这是一根仿制的翎毛,难道您没看出来这是塑料制品吗?"

"既然是仿制品,肯定就有被仿制的原件。请问您能给我一些有关的信息吗?"

"如果您不是这方面的研究者,而仅仅是好奇……"教授没说下去,显然是"恕不奉陪"的意思。

是啊,墨非不能说这根翎羽八字没一撇地激起了自己数学方面的兴趣——太幼稚了是不是?试看天下,哪儿没有数字的痕迹、暗示,这样一惊一乍计较起来还了得?

墨非一时语塞。

见墨非窘迫的样子,古生物学教授不忍地补充道:"您说在 internet 上查到,它也许是克雷肯克鸟的翎羽,这个结论恐怕为时过早……倒是某国博物馆,有一根克雷肯克鸟的翎羽,说是远古时代克雷肯克鸟留在这世上仅有的一根翎羽实物,可我也不能十分肯定那就是您这根翎羽的原件。不过,至少,您可以到那里比较、核实一下。

"说到克雷肯克鸟与古代印加人的关系……顺便说一句,印加人、玛雅人、阿兹特克人,都是印第安人的分支……在编织羽毛饰物上,阿兹特克人更胜一筹。虽然我们在古玛雅人留下的石雕上可以看到很多羽毛饰物的图像,但只是图像而已,几乎没有实物留存,那些羽毛饰物,似乎也被古玛雅人一起带离了这个世界。"

仅印加文化一支便如此云山雾罩,那庞杂的印第安文化岂不更让他瞎子摸象?

"所以您不妨开拓一下视野……听说当年第一个率队征服

了墨西哥的西班牙军人赫尔南·科尔特斯(Hernan Cortez),从墨西哥带回国的贵重战利品中,有一顶头饰,是用六百多根克萨尔鸟的尾翎制成的……"

又冒出来一个"克萨尔鸟"。不是"克雷肯克鸟"吗?

"……上面是不是有您带来的这根翎羽的原件,我就不得而知了……我想提醒您的是,那顶头饰上的羽毛,颜色大部分是碧绿的。他带回西班牙的还有一件祭司穿的长袍,用蜂鸟的羽毛拼贴而成。不过我想,蜂鸟的羽毛与您这根仿制品更不搭界了……我能说的也就是这些了。"

然后,教授就闭上了那不停地说"您这根仿制品"的嘴巴。

谁能想到,那组不经意间闯进墨非视野本是"逍遥游"的数字,不但引出一个有关古印加文化玄虚的传说,还由网络和教授的话,又引出克萨尔鸟、蜂鸟以及西班牙和墨西哥的一段历史……

墨非觉得自己似乎被那组数字牵着鼻子走,抑或那组数字在步步为营地"诱敌深入"?

这究竟是个神秘的陷阱,还是什么力量的暗示?如果不是自作多情,也许宇宙间某种神秘的力量选中了他,给了他一个神秘的使命?

正当墨非考虑要不要再为此付出些许时日的时候,忽然想起古生物学教授的话:"您不妨开拓一下视野。"

五

于是再上 internet 漫游。

果然,让墨非找到一些看似不相干,可到了他这种人手里似乎都是线索的线索。

比如有那么几条信息,关系到一本叫作《寻踪山水间》的书。这本书,是一位叫作马力奥·佩雷兹的神父修撰的。

有关这位神父的信息,反方正方都有。

反方——

条目一:这位西班牙神父认为仅有武力征服是不够的,他强迫当地人改信天主教,并建立宗教法庭,对不肯皈依天主教的当地人进行酷刑审判,其严酷程度令人发指。在一次审判中,除烧死不少当地人外,还亲手烧毁一座神庙里的部分玛雅古籍抄本和画卷,砸碎了无数祭坛,将几千个神像和圣物投入大火……灿烂的玛雅文化、历史抄本,就这样被付之一炬。事后这位马力奥·佩雷兹神父还得意扬扬地记录道:"我们搜查到大批倡导迷信、撒谎、违反上帝旨意等等无耻行为的书籍,只得把它们全部烧毁。当地土著眼睁睁地看着被火焰吞噬的书籍,心疼极了,难过极了。"

条目二:一位来自西班牙的人道主义者,巴托洛梅·德拉斯·卡萨斯神父,在《西印度毁灭述略》一书中指出,仅在西班牙征服墨西哥初始四十年中,基督徒就犯下了地狱般的罪行,一千二百万至一千五百万印第安人死于非命。

…………

墨非在椅子上拧来拧去,对反方的一些提法非常不以为然。

比如,其中一句说到神父"除烧死不少人外……""不少"是多少?也许墨非是研究数字的,最见不得这种似是而非、模糊不清的数量表述。

而"砸碎了无数祭坛"中的"无数"又是多少?又是一个模棱两可。

这些结论,多么的不严密、不合逻辑,前言不搭后语。前一句还是"部分玛雅古籍抄本和画卷",后面却担当起"灿烂的玛雅文化、历史抄本,就这样被付之一炬"的重任。作为这样重大的关乎文化、历史留存的题目,却这样不负责任地使用数词,出现这样明显的矛盾,那么,这些结论是不是很让人怀疑?

不过,有人怀疑过吗?

有人怀疑过吗?

有人怀疑过吗?

…………

又比如,人道主义者巴托洛梅·德拉斯·卡萨斯神父,在他的《西印度毁灭述略》一书中说,仅在西班牙征服墨西哥初始四十年中,基督徒就犯下了地狱般的罪行,一千二百万至一千五百万印第安人死于非命。

到底是基督徒还是天主教徒?是翻译的笔误,还是巴托洛梅·德拉斯·卡萨斯神父的笔误?

如果这是他墨非的一笔糊涂账,尚可理解,因为他的历史知识简直是"鸦鸦乌"。电视台那些智力测验栏目的主持人向参与者提问的有关历史知识的问题,墨非几乎没有一项回答得出。就凭这个,要是让他现在重考大学,肯定考不上。

而"印第安人"所指,也似乎不甚确切。不算其他小分支,印第安人三个较大的分支分别为:玛雅人、阿兹特克人,还有秘鲁的印加人,不知巴托洛梅·德拉斯·卡萨斯神父此处所指为何?墨非之所以发出这样的疑问,是因为这位神父的论述有个地点的限定——墨西哥,如果没有这个限定,他也就不会这样死磕了。

更不知巴托洛梅·德拉斯·卡萨斯神父是否知晓,后来的征服者赫尔南·科尔特斯两岁那一年的那一天,在故乡麦德林(Medellin),因登高爬低、狂跑淘气而摔得头破血流的时候,阿兹特克人在干什么?

阿兹特克人正在首都特诺奇蒂特兰举行大神庙的落成典礼。为此，贵族们将数万人祭供奉给神灵；那一天，首都特诺奇蒂特兰的人们，从贵族、祭司到平民百姓，享用了一顿丰盛的人肉大餐……

一天！一天有数万人丧命于人祭。

如果将数万乘以四十年，确实过于夸张，试试乘上一年的若干次如何，那又会是怎样一个数字？但墨非不愿如此这般地戏弄数字。对数字，墨非怀有一份敬意。

是啊，不论谁，到了另一个世界之后，世上关于他们的评定，好也罢坏也罢，都与他们无关了。倒是世人，有了用以表述自己的机会，并且因了那些已然不能为自己辩解的故人，那表述似乎就更具权威，更坚实可信。

墨非不屑地翻了页。

再看正方——

条目一：不否认马力奥·佩雷兹神父那桩"遗臭万年"的恶行，但事出有因。

马力奥·佩雷兹神父那一日的确在某个地窖发现了三十多部书典。那些书典上，包裹着美丽的豹皮，以一种当地人称为amate的野生树皮制作的纸张上，是祭司们用蓝、黄、黑、棕或红色汁液书写的文字、绘制的图片，制作非常精美，如屏风一样折叠着。

不论谁看了这样的书典都会爱不释手。可是当马力奥·佩雷兹神父翻开书页仔细深入阅读下去的时候，竟发现如此美丽的包装下却是如此可怕的内容：人祭的程序、步骤乃至细节，都被作为典籍无一遗漏地记载下来……这些图片和文字，让马力奥·佩雷兹神父重又回到那些亲历亲见、毛骨悚然的人祭场面。

还有，在那不多的文本中，就有上百幅有关当地人性生活的绘图：异性或同性的肛门交、口交、兽交、手淫、女上位等等，不一而足。

如此残酷、恶心的情状，为什么会被记载于这样精美的书典上？

只有一个解释，这些残酷的程序、恶心的图片，将作为经典永存，并将世世代代传承下去……他想，不销毁这些东西，任它传播下去，不是罪过又是什么？

现在，马力奥·佩雷兹神父到底有机会为阻止这邪恶的传播、传承做点儿什么了，哪怕是一点儿也好。

当熊熊的烈火把那些书典化为灰烬时，马力奥·佩雷兹神父终于舒了口气，他想，他这是在替上帝解救那些有罪的人；同时，他也有了机会来弥补自己曾对这些行为听之任之的罪过。

围观的当地民众却以为，这些被焚烧的，从古玛雅人的石柱上分析、猜测而来的书籍，就像祭司们所说真是祖宗留下来的孤本典籍，心疼难过得不得了……

马力奥·佩雷兹神父不能不为他们所表现出的痛苦、震惊以及于瞬间失去主心骨的茫然而陷入深思。而后他掉过头来，忠实地记录下自己当日所言所行。后人已很难想象，他是出于什么动机这样去记录了。

…………

至于马力奥·佩雷兹神父"得意扬扬地记录道……"不过是后人、他人附加的前缀，有谁看见了他那副"得意扬扬"的样子？

说得不错，有谁看见过马力奥·佩雷兹神父那副得意扬扬的样子？

一个人，能把自己的所作所为以及他人对自己作为的反应如实记录下来，本身就是一种反省、一种存证，更需要一种留待世人评说,甚至是审判的勇气。很多时候,人们的所言所行,都不是当代就能盖棺论定的。

不知为什么,墨非在神父这段记录里,体味到的却是神父对烧毁那些典籍的痛心和追悔。

条目二:为了弥补自己的过失,尔后神父不辞劳苦,荒山僻野、深山老林地走访了许多当地老人,听他们说古,并记载整理了这些口头传说,而后结集出版,即《寻踪山水间》。

尽管马力奥·佩雷兹神父被牢牢地钉在了这个"遗臭万年"的耻辱柱上,但人们并不否认他是一个执着的、真诚的、为修复散失的墨西哥史料而不倦奋斗的人。《寻踪山水间》在玛雅考古界更是权威之作,此书涉及面甚广,如:西班牙对古玛雅人的宗源之地尤卡坦的征服,古玛雅各部族的历史和传说,古玛雅文明以及这一文明的戛然而止,还有古玛雅语言和文字……尤其有关古玛雅文字的阐述和描绘,至今仍然是破译古玛雅文字的基础,尽管到目前为止,那文字还远远没有破译……

条目三:在摧毁当地文化中,倒是一位叫作胡安·迪·祖玛拉嘉的神职人员的作为,应该大书特书。

据他自己说,经他砸毁的当地神像就不下两万座,神庙有五百多间。

动辄火刑。甚至把已经皈依天主教的一位阿兹特克贵族绑在火刑柱上活活烧死,理由是这位贵族阳奉阴违,私下里还在对印第安人的雨神顶礼膜拜。他竟亲自监督了那位贵族如何从一挂金碧辉煌变为一抔白灰的全过程。

还烧死了阿兹特克人的大祭司。据说这位大祭司对古玛雅文化了解颇多,烧死他,相当程度上等于烧掉了有关玛雅文化的一部字典……

至于他烧死的下层祭司、平民就更多了,说不计其数,应该不是夸张。

而在特斯科科城(Texcoco)集市广场上毫无缘由地燃起的那堆大火,更是空前绝后。因为在那次大焚烧中,他竟把赫尔南·科尔特斯总督早先下令保存在库的有关玛雅历史文化的珍贵典籍,全部烧毁了。

……………

墨非难免不这样猜想,该不是有人把胡安·迪·祖玛拉嘉这一"壮举",错安在了马力奥·佩雷兹神父的头上?或胡安·迪·祖玛拉嘉根本不是神职人员,而是哪个有意穿错袈裟的西班牙殖民者?

不过在毁灭阿兹特克或是古玛雅文化、历史,残酷滥杀墨西哥人的罪责上,很少看到有关胡安·迪·祖玛拉嘉的文字。是史家对他的偏爱,还是误会?

或许都不是。他在墨西哥的桩桩罪行,已然把他变身为当年西班牙在墨西哥的一个符号——他就是西班牙,而不再是一个叫作胡安·迪·祖玛拉嘉的神职人员。他的所作所为,无一不是他为西班牙盖在墨西哥大地上的一枚枚无法磨灭的印章。

但不论是谁,马力奥·佩雷兹神父也好,胡安·迪·祖玛拉嘉神父也好,都是那个时代西班牙人在墨西哥留下的一份不可推却也不容置疑的见证。

……………

……彼时彼刻,当胡安·迪·祖玛拉嘉在围观人群和大火之间的空阔地带绕来绕去的时候,根本不会想到,几百年后,一个叫作墨非的中国人,如此这般地追究他。

他像独角戏中的唯一角色,而围观人群与火堆间的空阔地带,正是他独一无二的舞台。他昂首阔步走在那个舞台上,似乎在向围观人群炫耀自己可以随意燃起这堆大火,并将封存在库的典籍化为灰烬的权势。

大火越烧越旺,他却停下脚步,抚摸着自己的下颌沉思起来。

是在欣赏越燃越旺的火焰的舞蹈吗?

某些人甚至宽和地想,也许那一会儿他在后悔、犹豫,想要终止这场赶尽杀绝的暴行?

错!他不过是在为制造下一个更为轰动的效应而算计。

他也果然做到。

只见胡安·迪·祖玛拉嘉忽然决绝地大手一挥,便将一队驴驮招了过来。起初人们并不知道驴驮上装载着什么,当他让那些苦力将驴驮上的东西一件件抛进火堆时人们才知道,那是已被西班牙人封存在库的有关阿兹特克人抑或是古玛雅人的珍贵文物……

…………

事后,胡安·迪·祖玛拉嘉还上书西班牙宫廷,说正是他,将阿兹特克人和古玛雅人的妖魔文化就此彻底毁灭,历史将会铭记他的贡献。

却万万没有料到,一个重要的,既没有被马力奥·佩雷兹神父烧毁,也没有因保存在西班牙人的仓库而难逃焚烧命运的"公式",却早已在一个黑夜里逃脱。

那个黑夜,是一个面目不清、暗藏玄机,导致后来无数人猜测、追寻不已,却又一无所获的黑夜。

但也许根本不存在那个面目不清、暗藏玄机的黑夜,而那个"公式"也从来没被阿兹特克人或西班牙人所得。

谁知道它的来龙去脉?谁又知道它魂归何处?

…………

墨非能找到的线索,无非这些,大致如此。

他甚至不敬地想,花费若干时间,收获不大倒也无妨,可有些说法简直让人如坠五里云雾。

好比玛雅文明以及后人借以了解玛雅文明的关键线索,被马力奥·佩雷兹神父一把火烧得精光之说。

如果真是这样,人们又从何处得知古玛雅人的五个太阳纪、各种历法,还有他们在天文、数学上的独特贡献?

另一方面,学者们又宣称古玛雅的历史、文明是镌刻在石柱上的。不论哪个宗族、哪个地域,每隔二十年,古玛雅人必竖石柱一根,石柱上镌刻、记载着过去二十年内本地区方方面面的重大事件。这一工程,在玛雅文明戛然而止之前从未间断。可以说,玛雅文化是印第安文化中最早有明确纪年依据的文化。

所以,古玛雅人二十年一立的石柱,还有他们镌刻在石柱上的铭文、符号,才是古代玛雅文化、历史的原版,才是古玛雅人真正的史书。他们正是用这种不易被风雨剥蚀的方式,相对久远地保留着自己的痕迹……不论天文地理还是预言未来,不论认知宇宙还是说古道今……都在他们镌刻的石柱上。

专家们都知道,被马力奥·佩雷兹神父烧掉的所谓典籍,不过是祭司们根据石柱上的铭文、符号猜测的结果。谁能证明祭司们的猜测是错还是对?有参照物吗?

有参照物吗?

有参照物吗?

即便对祭司们的猜测冠以"抄本",也相当勉强。怎么就能轻易确定祭司们对玛雅历史、文化的猜想和解释,与石柱上的铭文、符号"一脉相承,基本一致"?

再说马力奥·佩雷兹神父而后煞费苦心修撰的《寻踪山水间》，又有多少真实性？也不过是民间口口相传的记录而已。

谁又能证明，那些口口相传的东西，确定无疑地来自玛雅人祖先？

有没有误读、误传？

在流传过程中有没有流失、变异？……

都是说不准的事，同样不能板上钉钉。

而三万多个词汇的丰富的古玛雅文字，从来没有被真正破译。

除了镌刻在石柱上的象形文字，在任何古玛雅人的遗迹中，人们从没找到过一撇一捺有关古代玛雅文字的痕迹。走投无路的后人，只能在石柱上死磕。

且不说镌刻在石柱上的古代玛雅文字通常被误认为雕饰艺术而放过，即便是每个字母的发音和它们的时态变化、句式结构，也全无固定程式。说它随心所欲，想怎么组合就怎么组合，也无不可。

更不要说它的语法，是跟着玛雅太阳历的变化而变化的。古玛雅人的太阳历，一年共有十八个月，也就是说，全无固定程式的时态变化、句式结构，也许还要与"18"排列组合一番。

不要以为如此排列组合下来便能立见分晓。最最无法确定的是，三万多个词汇的字母、时态、句式，几乎随心所欲地组合……

世界上有测定"随心所欲"的仪器吗？反正墨非至今尚未听说。

而后世的所谓"破译"，也不过是比祭司们多一些臆想、猜测的余地。这就是迄今为止，连玛雅文明何来何去都搞不清楚的原因。

可惜啊,可惜,有关古玛雅的研究、学说,人们探讨了几百年,至今沿袭的仍不过是当初某些人的臆想。

还有一则信息,一九六六年,有人根据已辨认出的几个古玛雅文字,试着翻译了奎瑞瓜山上的一根玛雅石柱。石柱上刻着发生于九千万年前,甚至四亿年前的事件。而那时,地球还处在中生代,被誉为万物之灵的人类,作为一个幽灵,还不知在何处游荡……

这岂不是说明,被马力奥·佩雷兹神父销毁的所谓玛雅的文化、历史,从未被销毁,也销毁不了?

面对古玛雅人那时便能确定四亿年前某个行星在某个具体年、月、日的位置,而今人运用电脑技术才能解决如此繁复、庞大的数字运算的事实,除了把玛雅文化、历史的无法确知推诿给马力奥·佩雷兹神父,或阿兹特克人,或一五一九年入侵墨西哥的西班牙人的毁灭派这种苍白无力的理由之外,有人能给个有质感的回答吗?

有人能给个有质感的回答吗?

…………

墨非看到的信息越多就越糊涂,难免不提出这些让人感到幼稚、不屑、逻辑十分混乱的问题。

而他这些提问,与其说是针对某种观念,不如说是针对自己。最后他甚至偏激地认为,眼下的人类,根本不是古玛雅人的对手,更无法抹掉玛雅文明在地球上留下的任何痕迹……

"外星人"之说虽然同样荒谬,但这个没有答案的答案,也是迄今为止最万无一失的答案。也许,到了世界末日那天,古玛雅人会在宇宙中重现,给现代人一个答案:跟你们开个小玩笑,你们就这样屁颠儿屁颠儿地闹腾若干年?

然而这位马力奥·佩雷兹神父,究竟是个什么样的人?该是个优柔寡断、缺乏胆略的人吧?换了伟大领袖,烧了就烧了!谁也甭想影响老子的所思所为,何谈懊悔!

进一步查找马力奥·佩雷兹神父的信息,遍游 internet,同样所得甚微。

最后只找到他的一张画像。那张画像,从骨骼结构上看,根本不像西班牙人,完全就是一个印第安种儿——高颧骨,短方脸;脑袋似乎直接安在身坯上,没有脖子的过渡;皮肤棕黑……很可能出自印第安艺术家之手,自然容易变成自画像。

肖像艺术家在创作时,总会抓住创作对象的一个面部特征。这个简而易行的基本规律,之所以成为肖像艺术家们创作的切入点,并非偶然。

那么神父的面目特征是什么呢?

双目低垂。

这个细节、特征,引起了墨非的注意。是什么原因,造就了这样一个特征?

一个低垂的、藏在眼皮后面的眼睛,有时要比翻开、圆睁的眼睛具有更多内容。

因为淡漠、困倦?

这不符合神职人员以拯救众生为己任的职业道德。

消极的抗拒、拒绝?

当自己内心颇为踌躇,又没有足够的力量抗拒外部世界的种种尴尬时,只好撒手,不闻不问,躲在势单力薄的眼皮后面。

心怀鬼胎、阴谋诡计,担心被人识破?

不像。毕竟在神职人员里,如《巴黎圣母院》中那样伪善的克罗德神父不多,他们大多会遵照上帝的旨意,努力成为人类的楷模。

在审视不为人知、自己也胆怯直面的内心？

或有什么伤痛？

作为上帝的代言人，他是不能在人前流露自己的伤痛的，哪怕那是人间最为惨烈的伤痛，因为他是代替上帝解救人间疾苦的灵丹妙药。一个万能的灵丹妙药，怎么可能有伤痛？那岂不是上帝在自毁信誉和形象……

也许他深知，上帝对他的伤痛也无能为力。作为一个虔诚的神职人员，他只得用势单力薄的眼皮，来掩盖、遮挡他那上帝也解决不了的困境，并为上帝撑起无所不能的天空……可世上哪有无伤无痛的人生？

不论曾经发生过什么，神父的脸上，此时却已云淡风轻，逆来顺受……

不，墨非不打算拿这张画像作为识别马力奥·佩雷兹神父的入口。

关机之前，忽有一则信息掠过墨非视线，说是古玛雅人还有个计算世界末日的公式，但早已失传……

关于这一点，墨非倒宁愿信其无，不愿信其有。他对这种耸人听闻、近乎猎奇的东西，从来没有兴趣。

紧接着，一处闲笔闯入视线，是《寻踪山水间》中的文字，还是他人评估《寻踪山水间》的文字？

墨非来不及深究，那行字，如一排突如其来的子弹，击中他的脑门儿，他甚至听到了那子弹飞射过来的"嗖嗖"声！

说是一个叫作巴拉穆的人，探访深山老林时遇到过一根石柱，石柱上有一组数字，那组数字是：1、366、560……还说这组数字是一个十分重要的索引，什么索引？如何重要？却没了下文。

而与这组数字有关的地界，在墨西哥。

当然,那不是最能展现数字之神奇的地方。

既没能毁灭,也没能挽救玛雅文明、文化、历史的马力奥·佩雷兹神父,几百年后,却因为他的《寻踪山水间》,成就了一个人的好奇之旅。

第 二 章

一

马力奥·佩雷兹神父辗转反侧,无论如何不能入睡。过去他的睡眠极好,最近却是一反常态。

他总是嗅到一股无孔不入、无处不在的腥臭味儿。东翻翻、西寻寻,所有可疑的地方都翻到了,什么也没有发现,可那股腥恶的臭味儿无论如何不能散去,就像粘在了他身上。他甚至在自己身上左嗅右嗅,就像自己也变成了一堆恶臭的垃圾……也许他的鼻子有了病,应该去看看医生。

自从那天目睹一次大规模的人祭仪式之后,这股腥恶的臭味儿,就开始与他纠缠不休。

那次经历,可以说是他一生中最为恐怖的经历。即便在各种专业读物上,也没有读到过如此可怕的相关叙述。

马力奥·佩雷兹神父不是没有见识过那座神庙,只是觉得它高而已,巨而已。如何高?如何巨?没有太多的感觉。

此番祭祀,却让他领教了阿兹特克人的厉害。

隆隆鼓声中,身穿色彩浓烈的服装,面部画满了五颜六色夸张的图案和线条,参与祭祀的武士、舞者、乐者,一队接一队从祭坛下依次走过,显然是倾巢出动。

也许是两个世界、两种文化、两种文明阶段的不同,在马力奥·佩雷兹神父看来,他们脸上为庆祝这个盛典而画的彩绘,没有一根线条关乎祭祀的肃穆、虔敬。尤其是沿颧骨和眼睑而下那两条向外扩张或白或黑的粗线,似乎把每个人内里经多年不懈努力才稍有改变的凶残、险恶、歹毒,又召唤回来了。好像这不是祭祀,而是一次恶力的张扬、炫耀。

这个种族的颧骨本就高耸,肤色棕红,又用生猛的线条和强烈的色彩加以渲染,可不就像两座诡云密布的大山在脸上会聚?尽管这两座大山是压在他们的脸上,却千万不要误会那是用来制约自己的,而是用来压迫对手。

鼓声不仅隆隆,似乎机关暗藏。也许因为鼓面由蛇皮制成,音质十分妖魅。

还有排箫,不厌其烦、循环往复地吹奏……平素本是忧闷、郁悒的排箫,此时竟出人意料地有了威逼感——不是那种猛然一跃的袭击,而是一步、一步,沉着地逼将过来,让人想到豹子发威前龇牙咧嘴的低吼。怪不得豹子成为当地人的图腾之一。难道豹子的秉性已经融入他们的血液,还是真有什么魔法使然?……而此地的排箫,与欧洲多半为表现田园宁静的排箫,真有天壤之别。

武士、舞者、乐者,不慌不忙地走着。那种不慌不忙,显然不是源于沉着,而是源于自负,源于对某种凶残的施暴,于盛典前不得不按捺的期待。可以想见,等到这种按捺终于有了出口的时候,会是个什么状态。

祭坛下,等着观看祭典的芸芸众生,不耐烦地骚动着,发出不同性质的喧闹。这些喧闹互相激励着,以致愈演愈烈,渐渐汇合为鼎沸的、一浪催生着另一浪的呐喊。那呐喊里,饱含着人间最没有同情心的快意。想不到,平素原本淳朴不过的野性的呐喊,此时却翻转过来,给了马力奥·佩雷兹神父这样一张脸。他们还是自己平素接触到的那些木讷、善良、憨厚的人吗?

难道他们不知道,也许有那么一天,自己也会作为祭品,像那几个即将开膛破肚、大卸八块的生命一样,被安放在祭坛上?岂止也许?真不知世上有哪个种族承担得起,以每年多少万生命的消耗来祭祀他们的太阳神。

也许他们完全明白这个前景,太明白了,他们周围的亲人、朋友,说被当作祭品,就被当作祭品了。可今天不是他,至于哪天轮到他,那就再说了。

人们真像庆祝节日那样欢畅……是啊,人祭可不就是他们的节日?如果一个种族把杀人当作节日,这个种族又是怎样一个令人骇异的种族?

作为旁观者,马力奥·佩雷兹神父难免想得太多。

终于,主角们按照地位、等级依次出场了……

王者、贵族、祭司,各个浓墨重彩,脸上、眼睛四周恣意涂抹着极富冲击力的色彩绘制的图案,身穿各色羽毛拼贴而成的长袍,头戴各种野兽头部造型的帽子。那些帽子,标志着家族的身份、地位而世代相传。宝石项链上的宝石大若无花果,耳朵上也坠着巨大的或金或宝石的耳环。由于宝石过于巨大、沉重,戴挂耳环的耳洞甚至不能穿凿在耳垂上,而是穿凿在耳骨上。

大祭司更是戴着一顶装饰着许多克萨尔鸟彩色翎羽的帽子。

克萨尔鸟是这里的特产,美丽异常,胸脯处的羽毛洁白如雪,其他部位却色彩斑斓,尤其是尾部,长有长长的翎羽,红绿相间,那也是当地人最喜欢的颜色。贵族和祭司们正是用这些翎羽来彰显自己的高贵。

由于克萨尔鸟的尾翎很长,祭司的帽子就极高,真是所谓的"高帽"了,这就从视觉效果上大大拉长了祭司头部的长度,致使头部占据了身高的三分之一。这样的人体结构看上去果然奇特,难为人间所有。无论如何,你信也好不信也好,比之他人,有着这顶帽子的人,似乎就是离太阳神最近的人了。于是乎,你信也好不信也好,这个具有特殊身份的人,在如此特殊情景下说出的话,自然也就具有了太阳神的权威,成为太阳神的代言人。

最后,王者乘着巨大的肩舆出场了。肩舆的包金木架在阳光照耀下闪闪发光,而王者也就像从金光中闪出的一位天神了。肩舆四周,装饰着来自各种鸟类的五颜六色的羽毛……肩舆由下等贵族或部族首领肩负,前呼后拥,依次顺神庙台阶而上。那几十级台阶十分陡峭,说呈四十五度角都是宽打宽算,即便赤手空拳爬上去也很吃力,更不要说还有肩舆在身……

当他们沿着高高的台阶,一级级走向神庙顶部时,真像在一步步走近天堂。

此时,站在神庙底下往上看,那些已然登上顶部的人,不论王者、贵族,还是祭司,各个小如蝼蚁,这才觉得神庙之高、之巨。

…………

难怪这个仪式极其冗长,冗长得让人起疑。比如,王公贵族们这样缓慢地走上祭坛,仅仅是为了表现对祭祀太阳神的虔诚吗?

更多的,恐怕还是展示王公、贵族、祭司们如何把"恐怖"变成一种物质的能量,还要展示他们对这种能量的掌控,然后慢慢品味这"恐怖"对芸芸众生造成的威慑吧。

四位以雨神的名字命名的祭司，依次将祭品拉向神坛的四个方向，似乎是请天、请地验明正身。而后各执一肢，将他仰面朝天地按在一个中间凸起的祭案上，并将腿和胳膊下压，使其身体反弓。

不慌不忙的鼓声，此时突然变得一阵紧似一阵，催命似的。在这催命的鼓声中，那名叫作Nacom的主刀祭司，仰面朝天，念念有词，而后用黑曜石制成的法刀，从用做祭品的人的左乳下方猛然插进。

仅此一刀，便直抵心脏，就手一掏，血淋淋的，还在跳动的心脏就被掏了出来。

从进刀到取出心脏，不过瞬间，稳、准、狠的程度令人难以想象。如若不是经常操练，绝不可能如此技艺纯熟。

Nacom祭司举着那颗血淋淋的心脏，交与大祭司手中。大祭司便将那颗已然死去的心脏在神像上反复揉搓、挤压、涂抹，直到榨干心脏里的最后一滴血。

然后是下一个，再下一个……一次又一次地重复着。而在一旁等着上场的那些祭品，就眼睁睁地看着比自己先走一步的祭品，在祭司手里如何从一个鲜活的生命转换为尸体。

等待自己上场的时候，他们会想些什么？据说轮做祭品的人，个个都会深感荣幸。

真是这样的吗？

与此同时，参与人祭的王者、贵族、祭司、乐师，也纷纷用黑曜石或是黄貂鱼的鱼刺，从自己的耳朵、舌头、鼻子、嘴唇、脖子、胸口、大腿、小腿、脚背，甚至生殖器上放血。特别是王者的妻子，先用鱼刺刺破自己的舌头，再用一根带刺的绳子在刺破的舌洞里来回拉动……一时间，血星四处飞溅，真像是一个血染的烟花烂漫的春天。

鲜血从他们各自不同的创口流进身旁盘子里的树皮纸上。浸染着他们血液的树皮纸,当即就被祭司烧掉,说是染有他们血液的纸烟,会把他们的愿望传递给太阳神……

而后,大祭司用脚踢踢那些尸体。已然彻底完成任务的尸体不再抖动,于是大祭司示意下级祭司,将一具具尸体扔下神庙。

尸体顺着神庙高高的阶梯颠簸滚下……神坛下的人众突然变得鸦雀无声,而此时的鸦雀无声比之方才的呐喊似乎更加令人毛骨悚然。在这非同寻常的沉寂中,只听得尸体一下下撞击着石阶,发出与声势浩大的祭祀毫不相称的渺小的闷声……

用于人祭的数目太多,鲜血溅了大祭司满身满脸。他的头发被鲜血粘得一绺一绺,锦袍也被鲜血浸湿,鲜血顺着长袍上的彩色羽毛点点滴滴流下,于是那些被鲜血点染的羽毛,就像为已然死去的那些心脏不甘地延续着生命。

一波鲜血急不可待地覆盖着前一波鲜血,从神坛的台阶上汩汩涌下,像一条血色巨蟒,蜿蜒辗转,难怪神庙上的雕刻差不多都是带有羽毛的蛇神。

又因为祭典时间拖得很长,以至先行人祭的血渐渐凝成血块儿,颤颤悠悠、肥肥嘟嘟、亮亮晶晶地从台阶上连蹦带跳地滚下,如同儿童的恣意嬉戏……

等在神坛下的下等祭司,手脚麻利地剥下死者的皮,再飞快地奔上祭坛,交给大祭司。

大祭司从众多人皮中选出一张,从容地、舍我其谁地钻进血淋淋的人皮,左扽扽、右拽拽,把披在身上的人皮侍弄得更加整齐服帖,先在祭坛上翩翩起舞,然后乘坐下等祭司抬过的肩舆下了神庙,在大街小巷招摇过市。残留在人皮上的鲜血和脂肪,一路滴滴答答,从大祭司的身上淌下……

被剥皮后的尸体，便成了王者、贵族、祭司的人肉大餐。尸体的大腿归王者享用，胸肌、臀部由贵族、大祭司享用，手足等部位则赏给下等祭司。其中一个因是战俘，他的尸骨便由俘虏他的武士留存……

如果不是亲历亲见人们享用人肉大餐的盛况，马力奥·佩雷兹神父简直不能相信，人间还有这样血腥残酷的事。

人们急迫地从尸体上卸下一只胳膊或一条腿，有些人烤都来不及烤、煮都来不及煮，便急不可待、皮肉丝连、津津有味地抱着一条腿或一只胳膊，像啃鸡腿那样啃了起来……

尸体太多了，王者、贵族、大祭司们吃不胜吃，于是平时没有资格享用人肉大餐的平民，也随之享用了一顿人肉大餐，人人大快朵颐，没有一丝兔死狐悲的感伤。

这一天、这一时辰之后，若干人转眼间就这样一干二净地从人世间消失了，而且消失得这样惨绝人寰——进了同胞的肠胃，而后变成粪便排出。

从没听说过需要喝人血、吃人肉的神。如果有这样的神，这是一个什么样的神呢？

马力奥·佩雷兹神父其实是愿意尊重他人信仰的，哪怕那信仰与他的信仰背道而驰。然而凡此种种，能说是信仰吗？

从此，马力奥·佩雷兹神父对这个种族和他们的宗教有了疑问。

过几天再看这座神庙，马力奥·佩雷兹神父就不像过去那样地敬重了。更不要说神庙下面，到处散乱着的人骨以及随风流动的毛发……那些毛发似乎还活着，也许在暗示有关人祭的密码……好比走着走着，一堆毛发突然在他眼前竖起，尽管摇曳不定却很有节奏，又长长短短，排列得十分有序，像终于找到一个贴心人似的，绕上他的脚面，挥之不去。

尽管太阳高照,这景象仍然让他感到无比阴冷邪寒。

他没有细数过那些排列的毛发,如果数起来,会有怎样一个结果?他指的不是数字。

几天前烹制人肉大餐的坛坛罐罐,散乱地堆积在神庙脚下,洗也不曾洗过,一任它们里里外外嘎巴着烹煮人肉的残迹,也就难怪它们依然散发着腥臭气味。也许上面嘎巴的,不仅是几天前烹煮人肉的残迹。如果那些坛坛罐罐会说话,又会从它们的每一个孔隙里倒出怎样的陈年旧事,那就只有它们自己知道了,世上没有一个活人具备想象那种残忍的能力。

再看看神庙台阶以及神庙祭坛上的人血,已板结为一层黑色的硬皮,硬皮上还点闪着些许油光,散发出一股令人窒息的恶臭……马力奥·佩雷兹神父不得不承认,自己对这一切产生了抵制,甚至厌恶的情绪。尽管他一再向上帝忏悔,不该如此,可是那种厌恶的情绪终不能得到有效控制。

说来也情有可原,这成见自然也非一日、一事形成。在荒野中或草棚里,甚至在修道院的围墙外,马力奥·佩雷兹神父不止一次看到当地男人和一只母狗或一只母羊做爱的情景,更不要说同性之间做爱。除了教义上的不能容忍,还有生理上的反感,每次都让他不可遏止地呕吐起来。

呕吐之后,紧接着就是自谴自责。凡此种种,不都是他没有尽到责任之故?作为此地神父,他阻止过这些行为吗?教导过他们何谓正确之路吗?为他们的行为赎过罪吗?……都没有,他只是闭上眼睛,从这些行为面前逃奔而去,放弃了神父的职责。同时他又感到自己罪孽深重,因为对改变这一现状束手无策,也不知如何帮助、拯救这些有罪的灵魂。

此后,他便不思茶饭,寝食不安,日渐消瘦。

除帝王、贵族、祭司外,此地仍有不少平民处于原始部落状态,采集为生,巢居树穴,如猿猴般轻盈地在山林间自由自在地穿梭,胯部只系一条阔叶植物。不知是否因为如此,他们的性观念和性风俗,让所有来自西班牙的人难以忍受。

至于卖淫、反常的性行为,时有所见:异性或同性的肛门交、口交、兽交、手淫、女上位等等,不一而足。而有些奴隶,更是被用来作为同性恋的性男奴。

这些违反宗教道德的行为,让禁欲主义的教会非常震惊。这还是正常人的行为吗?分明是一群无理性的迷途羔羊。这样的灵魂,如果不及时拯救,死后肯定要下地狱。

马力奥·佩雷兹神父不得不听从教会的指示,硬起头皮,在教堂传授教会认可的男上位"教会式"的性方式,把反对、禁止其他"反自然式"的性方式,作为天主教"教化"这些野蛮行为的另一个重要内容。

但这样的传授,让马力奥·佩雷兹神父无比痛苦。那痛苦不但是心理上的,更是生理上的……那是眼睁睁地看着他不能享有的欢乐在眼前呼风唤雨。

然而马力奥·佩雷兹神父的专职翻译、朋友巴拉穆,说起这些事来毫无尴尬之态。他说:"对那些赤身裸体,只在私部遮一片树叶的人来说,在荒林、草丛里什么不能发生?

"至于我们的帝王、贵族、祭司,看起来他们的生存状态似乎和西班牙人没什么两样……这里曾是古玛雅人生活过的地方,虽然他们忽然不知何处去,但他们创造的许多精神、知识财富却没有随他们一同离去。凡是来到这块土地上生息的人,自然而然地延续着他们创造的精神、知识财富。岂不知,知识是容易传承的,精神财富却不然……"巴拉穆想起自己。不是吗?在科尔特斯总督委托西班牙天主教会办的学校里,不过读了半年书,就得到了他从来无法进入的贵族学校所教授的全部知识。

"……知识财富和精神财富虽有通汇之处,但知识财富不等同,也不能代替精神财富,频频举行的人祭,就是这种情况的最好说明。

"而漫山遍野的平民,正像你看到的那样,还处在荒蛮时代。只是在西班牙人来到之后,在天主教会的说教下,他们才知道了另一种生活,而在此之前,从没有人告诉、教育过他们。我们的帝王、贵族、祭司,封闭了平民可能获得知识文化的所有渠道。如此这般,他们才拥有对太阳神指令的绝对解释权,而太阳神的指令,正是指导我们一切行为的圣典……好比你拿着一本海淫海盗的书,对一个大字不识的人说,那是太阳神的指令,他也只能点头称是,对不对?"

巴拉穆不否认马力奥·佩雷兹神父提到的那些让西班牙人感到奇怪、不安的现象。可这是谁的过错?再说,西班牙人的祖先,未必没有如此这般的过去。"在久远的过去,人可不就是动物,像野兽一样具有原始的本能吗?……"

巴拉穆说得没错,是啊,自己的祖先何尝不是这样过来的?

可话又说回来,因为曾经"有过",就是合理的?如果"有过"就是合理,人类社会何必还要为了所谓的进化,为丢弃"有过"而奋斗不息?

人祭已是世上少有的残酷,而这些性行为更是人间少有的恶心。从一个文明程度相对很高的生存环境进入这样一种生存环境,不论对精神,还是对心理、生理来说,该是何等痛苦的熬煎!

马力奥·佩雷兹神父难免不做这样的对比,不谈平民,就说热爱绘画艺术的西班牙君王,在西班牙已然掌握了欧洲最大版图之后,并没有把博斯、帕提尼、埃尔·格列克的绘画据为己有。他们的收藏,全部来自正当渠道:或购买,或礼物,或遗产。

而此地呢……正像巴拉穆所说,尽管帝王、贵族、祭司过着似乎文明的物质生活,可他们的灵魂,还是吃人的灵魂。

这样的距离,是什么距离?仅仅是不同种族的文化差别、冲突吗?

却又禁不住思忖:说到底,这不过是一个人和兽的问题,为什么自己从未对街上一对狗夫妇的寻欢作乐感到愤怒?

对一只兽来说,它要求的只是在性行为里得到快感。怎么能要求一只兽在性行为的同时,考虑这样深奥的道德甚至是哲学问题?

最终进化为有理性的人,是人类社会的必然,这个进程或快或慢,没有成规。

他是否急于求成?

传授唯一符合教义的男上位"教会式"性方式,是不是揠苗助长?

或许这是一个走得快的人对走得慢的人的敦促?

他翻来覆去地想了又想,无非想要说服自己,应该善待处于不同进程中的同伴……

在反复思考中备受煎熬的马力奥·佩雷兹神父并不知道,后来的世纪,甚至就在当时欧洲贵族圈子里,所谓的文明人,不但有"反自然式"性行为的广阔天地,并且将这些方式视为人生一大享乐,到了再后来的世纪,甚至成为一种时尚的标志。

二

不要以为有了所谓焚烧古玛雅文化书典的"壮举",就断定马力奥·佩雷兹神父是一位果决、高瞻远瞩、胸怀大志的人。

世事是经不起推敲的。不论人也好,事也好。

其实马力奥·佩雷兹神父的所作所为皆为机缘,或是迫不得已,亦即人们常说的"人在江湖,身不由己"……

且不说马力奥·佩雷兹神父十六七岁就入了修道院,而后又从事神职工作,仅就其本人性格而言,也如和煦之风,微微吹拂,属于那种人见人亲的性格。

即便以才貌来说,马力奥·佩雷兹神父也是很有魅力的男人。不是说他有多么英俊,只是说当人们的眼睛在遭遇人群撞击一时无所适从的当儿,一眼就能安落在他的身上,而再次相遇时,一定会想起这个人曾经见过。不像有些人,即便见过多次,每每再会却还像第一次见到,免不了再次请教尊姓大名……

不能说这是因为他的身量在西班牙人中少有的高挑,自然在人群中如鹤立鸡群般醒目。

可到底为什么让人一瞥就能入眼?说不清楚,也许就是一种"一清二楚"的感觉。就像一间有条有理、不论什么东西都可以方便找到的房间,哪怕那件东西已多年不用,哪怕那件东西的主人自己都忘了他还有这么一个物件。

天庭饱满,深目扬眉。可以想见,当初那对眼睛,如何的神采飞扬。

阔嘴方唇。只是这张嘴并不让异性产生亲吻的冲动。不过一旦传起道来,立马有了脱胎换骨的飞跃,如同魔术。

不可否认,马力奥·佩雷兹神父的声线深沉洪阔,当然,大部分神职人员的声线都深沉洪阔。说神职人员的这种声线具有"蛊惑"的魅力,实属不敬。不过,有人正是因为喜欢一个声线,爱上具有那个声线的人,从而爱上宗教的例子,也屡见不鲜。

那么换一种说法,说这种声线具有一种特殊的感染力,恐不为过。当然也可以说,这是职业的需要。君不见,有些神职人员,布道布上几个小时,也不曾显露口沫飞溅、声嘶力竭的丑态。

难怪有那么多女信徒忠心耿耿地追随——这谈不上是对她们虔敬的、宗教精神的亵渎,可也不能否认,个人魅力,是成就事业的"东风"之一。

两颊自颧骨处陡然削陷,这让优柔寡断、十分不果决的马力奥·佩雷兹神父看上去十分坚毅,并具有了一个硬汉宁肯多一分却绝对不能少一分的决绝——不过是看上去而已。

············

于是不少女人对他示爱,即便入了修道院、担任神职以后,仍有女人对他示爱。

神职人员中,从来不乏与女人暗度陈仓的风流韵事。可风华正茂的马力奥·佩雷兹神父如同老僧入定,自入修道院那天起,就断了一切俗念。包括他的青梅竹马,即便做弥撒时遇到,也如同遇到一般的信徒,礼仪周到,温煦如春,整个儿一个上帝的代言人,却寻不到藕断之后的一丝挂牵。就连不少西班牙人生来无师自通、不论面前的女人是否自己所爱,永远情不自禁地要表演的那份技艺——调情,也被他删除得一干二净。

但不知马力奥·佩雷兹神父的前女友们是否注意到:自他入了修道院后,不论何时,他的眼睑,就像晚上垂下的窗帘,从此再也无缘见到那对摄人心魄的眼睛。那一对眼睛的神韵是被天主召回,还是被他埋葬在了低垂的眼睑之后?

如果探究一下马力奥·佩雷兹神父那低垂的眼睑,就知道那单薄的眼皮承担的重力该有多大。

也许有人会禁不住发问:这是何苦呢?

可人生有各种各样的选择,有人慨叹何苦,有人却是势在必行。

············

马力奥·佩雷兹神父也绝对不是那种非此即彼,有张好脸子肯定就是一肚子草包的人。如果不是他对墨西哥当地语言的学习、掌握,也就不可能从当地人的传说中记录下诸多有关古玛雅文化、历史的传说,他的修撰也自然成为后人研究古玛雅极具权威的索引。人们一面道义凛然地诟骂着马力奥·佩雷兹神父的"罪行",一面毫不尴尬地享用着他的修撰成果……可见世事并不总会丁是丁,卯是卯。

十六世纪初期,神职人员和军人是西班牙男人最好的出路,以至其他许多职业乏人问津。比如赫尔南·科尔特斯将军,不知是否就是出于对这种风尚的追求,造就了他以数百人征服墨西哥几十万阿兹特克人的机会。如果他和马力奥·佩雷兹神父不追随这个风尚去到墨西哥,还会在历史上留下恶名多于美名的尴尬吗?

不过,不能仅用"追随时尚"来解释马力奥·佩雷兹神父从一个七情六欲俱全的人,毅然决然进入修道院的原因。

就看他进修道院之前,为对自己的女朋友们有个交代,那反反复复的犹豫、作难,便可知他是个优柔寡断的人,可也是个自顾自的人。

当年,作为随军神父开赴新大陆之前,他的最爱阿丽西雅,特地从家乡赶到塞尔维亚码头,再次绝望地向他讨个说法:"为什么?"

"为什么"是阿丽西雅的老问题了。自马力奥·佩雷兹神父入修道院那天起,她就没完没了地问"为什么"。

为什么?

在他人看来,他的答案似乎很牵强,可对马力奥·佩雷兹神父来说,足以构成推翻自己以往人生的决策。

阿丽西雅钟情、痴情,且始终如一。尽管马力奥·佩雷兹神父有女友若干,但阿丽西雅仍是他的最爱。如果他没有选择进入修道院,那么阿丽西雅肯定是他未来的妻子。只是,他看到自己最好的朋友死在婚恋上。

朋友从没有对他说过自己是否爱上了别的女人,只是抱怨天主教徒为什么不能离婚,整日里茶饭无味、魂不守舍、烦躁不安,像是得了重病……这一切都还好说,浪漫的西班牙人,见天儿有人患这种爱情综合征,但可怕的是有一天,朋友的妻子无病无灾,突然死了。

妻子的家族是有背景的家族,一口咬定说是朋友毒死了妻子,并将他告上宗教法庭。这桩案子闹得家乡那个小镇翻了天,朋友最后受到法律制裁,上了断头台。

以马力奥·佩雷兹神父对朋友的了解,他一直不能相信是朋友给妻子下了毒。那么后面又是一个什么样的故事?难道在朋友妻子那个家族中,世代相传的家产、权力方面的争斗,没有自相残杀的先例吗?

而如果事实如此,那又是何等可怕的力量让朋友做出了这样的事?

爱情啊,爱情!

临上断头台之前,除了马力奥·佩雷兹神父,没人为朋友送行。这倒让马力奥·佩雷兹神父觉得有些不可思议,那位朋友为之上了断头台的女人,哪里去了?此时此刻,难道她不该为朋友分担些什么?哪怕她能站在断头台下看他最后一眼,也算是送他上路,也是对他一番以死相许的情意的回应。

比起那女人的无情无义,更让马力奥·佩雷兹神父震惊的是,朋友既没有为自己是否给妻子下毒辩解,也没有留下什么所谓的遗言。对自己以付出生命为代价的爱情,却谆谆地对他说了一句:"马力奥,相信我,爱情和婚姻其实都没什么意思。"

067

这到底是怎么回事？他是应该相信朋友，还是相信朋友为之断头的爱情？这是朋友的错，还是爱情的错？

换作他人，这桩事件，遗憾或是伤怀几天就会过去，可是极易受到外界影响的马力奥·佩雷兹神父，此后久久沉浸在自闭状态中。在那些日子里，他都想了些什么，无人知晓，就连他的几个女朋友也不知道。

也许他人不能理解，那时的西班牙，上断头台像斗牛一样，绝非罕见。但身材伟岸的马力奥·佩雷兹神父自小就胆小如鼠，连斗牛都不敢观看，让母亲为他颜面尽失。顺便说一句，马力奥·佩雷兹神父至死也没有去过斗牛场。他当然知道，在西班牙，一个不敢进斗牛场的男人，算得了男人吗？可他宁愿算不得男人，也不进斗牛场。

而后，新西班牙第一任总督赫尔南·科尔特斯，又为婚姻丑闻闹得沸沸扬扬。他第一任妻子的亡故，一度也被传为是他下的毒。加上他在墨西哥和瓦斯特克部族酋长女儿惊天动地的爱情，毒死作为天主教徒不能离婚的妻子，更是"因为所以"地有了依据。赫尔南·科尔特斯的功绩也在一夜之间化为乌有，他的败行劣迹被成倍扩大，全国上下无人不知无人不晓，从宫廷到教会一片声讨，尽管最后算是"事出有因，查无实据"，不了了之。

换作马力奥·佩雷兹神父，怕是没法儿活了。

凡此种种，让马力奥·佩雷兹神父感到了爱情婚姻的复杂、艰难，从而想到"安静"这个境界对人生的特殊意义。而修道院的围墙里面，该是何等安详、静谧，尤其是安全的净土。

五岁那年，他已忘记，做完弥撒之后为什么会随母亲来到修道院后的庭院。母亲一时不知哪里去了，那么长的廊道，一层套一层的院落，他又到哪里去找母亲？只好坐在廊道旁的荫凉下等候。

那是仲夏,西班牙的太阳却没有丝毫的浪漫情怀,到了夏天一样地灼人。可不知从修道院的什么地方渗出阵阵清气,于是马力奥·佩雷兹感到,就像有谁牵着他的手,领他进入了一个他从未到过的精致、洁净的地界。那清气既不来自风也不来自水,那是什么呢?……小小的马力奥·佩雷兹百思不得其解,即便长大之后回想起来,仍然不知所以,但他终生不曾忘记……

当母亲找到他的时候,见他迷蒙的样子还以为发生了什么,问他,他也说不清楚,只是一味恍惚地笑。

…………

阿丽西雅说:"你曾以天主的名义发誓,爱我一生一世,只有死亡才能把我们分开。"

"可我对天主也有誓言,为他献出我的终身。或是说,现在我爱上了天主……我只能和天主结婚了。"

阿丽西雅恨恨地说:"这和叛变、见异思迁有什么不同?尽管你爱的是天主。你以为我不知道吗?你爱来爱去地爱了好几个女人,那么你现在的行为,看来也是必然的了。"

"人生总是不断面临各种各样的选择,最后选择一个适合自己的出路,怎么能把这个选择的过程叫作见异思迁?"

"你认为这就是最适合你的出路吗?"

"凡是为天主做的,或是以天主的名义做的事,我想都是正当的。"

一旦说到天主,天主教徒们就无言以对了。在西班牙,人们一生下来,天经地义就是天主教徒。

可是当马力奥·佩雷兹转身向踏板走去的时候,阿丽西雅还是不禁一把从后面抱住了他,身体也紧紧地贴上了他的后背。

自十六七岁便入修道院的马力奥·佩雷兹,也算有了多年教龄,可仍然经不住阿丽西雅这轻轻的一个冲击。

阿丽西雅紧贴在他后背上的乳房,就像按下的两个按钮,瞬间激活、点燃了他身上每一个细胞的情欲;又像两个无底的吸盘,把他的魂魄抽丝般吮吸得一干二净,留下的不过是一个摇摇欲坠的躯壳。

对于一个活力四射、肉体部件样样齐全、样样感觉与正常男人无异的马力奥·佩雷兹来说,这意味着什么啊!

"主啊,救救我吧!"马力奥·佩雷兹紧紧攥着胸前的十字架,在心里无助地喊道。他的灵魂也飞出了躯壳,对着上帝匍匐在地。

他以为,凭了他对天主五体投地的依赖,情况一定会有所逆转,就像《圣经》上说的那样:天主说有光,于是便有了光;天主说有水,于是便有了水……

可是天主并没有及时显灵,他仍然孤独无援地挣扎在肉欲还是信仰的你死我活的斗争中。

像曾经有过的那样,他又一次陷入难以呼吸的境地。他生动地想起阿丽西雅左乳房上那颗黑痣,那颗靠近腋下的黑痣,竟比她身上任何一个部位都性感。天下还有哪个情人的情话,比之这颗黑痣说出的情话更为销魂、更具挑逗性?

此时此刻,马力奥·佩雷兹真想不顾一切地转过身去,忘记世界上的所有,双臂紧紧地箍住阿丽西雅纤细的腰,把她左乳上的那颗黑痣含进自己的嘴里。

他紧闭双目,全身颤抖,冷汗淋漓……

像是在无遮无拦的旷野里猛然遭到了由暧昧的汁液和泥泞混杂而成的袭击,如急风暴雨,劈头盖脸,而他又不得不艰难地在那暧昧的汁液和泥泞里左右冲撞、踉踉跄跄、滚爬跌打地前行……

可他还是开始慢慢地掰开阿丽西雅紧扣的十指。想不到，阿丽西雅并没有多大力气的十个手指，竟让他花费了如许力气。如果不是航队就要起锚，最后他能掰开阿丽西雅的十指吗？

谁也回答不了。

马力奥·佩雷兹终于分开阿丽西雅拢着他后腰的手，头也不敢回地上了船。不论从哪方面来说，那艘船，可真是一艘超度他的船啊！

阿丽西雅在他背后喊道："马力奥，你太无情了，竟然都不跟我道别——"

哪里是无情？他是不敢回头啊！一旦回头，万劫不复。

…………

所幸船上用以升帆的动索和用以固定桅杆的静索纵横交错，而船尾后桅上的第三层帆也还没有完全展开、升起。那些粗大的缆绳和横竖张着的船帆，仗义地为马力奥·佩雷兹抵挡了他无法胜任的别离。

他躲在数不胜数的缆绳和船尾后桅第三层船帆的后面，眼睛眨也不眨地向岸上看去，直看得眼睛酸痛，酸泪横流……然而，塞尔维亚码头还是越来越模糊了。

比塞尔维亚码头更模糊的，是阿丽西雅的身影。

在"弗洛塔"船队绕过非洲西北角的加那利群岛，横渡大西洋至加勒比海，再从加勒比海驶往墨西哥韦拉克鲁斯港（Veracruz）几个月的航程中，马力奥·佩雷兹没干别的，只是在他的心上深深地挖了又挖，为的是埋葬阿丽西雅。

…………

再也听不见阿丽西雅的谴责和恳求了。然而她的谴责和恳求，像马力奥·佩雷兹信仰的天主一样，不依不饶地追随着他，缠绕着他。

没人知道,马力奥·佩雷兹是如何熬过并如何逃脱这缠绕的。但见他常常自言自语,就像阿丽西雅还站在他面前,他得不停地说服她,或是在说服自己。

只有他从此便低垂的眼睑为他泄露了天机。可惜从未有人探究过这突然低垂的眼睑,以及他从此再也没有正眼瞅过谁的由来。

十多年后,马力奥·佩雷兹神父奉诏回国述职,当他们再次相遇时,阿丽西雅一度竟认不出这就是她曾为之梦魂牵系的人。不是因为时过境迁、青春已逝、华发早生,而是马力奥·佩雷兹完全变了一个人,连容颜都变了。如果说十多年前准备登船的马力奥·佩雷兹无论如何还是她怀抱里的马力奥·佩雷兹,那么现在,就是只能遥遥远望的马力奥·佩雷兹主教了。

马力奥·佩雷兹主教主持了那个星期日的弥撒。阿丽西雅坐在修道院第一排座位上。无论如何,马力奥·佩雷兹主教都应该看到她,可是从始至终,阿丽西雅就像圣坛前一棵人们熟视无睹、用于装点的植物,而近在眼前的马力奥·佩雷兹主教也显得那样邈远,几乎和高悬在上的耶稣雕像重叠一起。只在弥撒结束后,众人起立前去领取圣饼,当马力奥·佩雷兹主教把一小块圣饼放进阿丽西雅嘴里的时候,才半抬起眼皮,看了她一眼。

而阿丽西雅并不知道,多少年来,这是马力奥·佩雷兹最大限度地抬起了自己的眼皮;也永远不会知道,马力奥·佩雷兹经过怎样的炼狱,才脱胎换骨成为今天这副模样。如果她知道的话,她会为马力奥·佩雷兹的脱胎换骨,偷偷地洒上一掬也许是虔诚的天主教徒不该洒的泪吗?

这对恋人,甚至连一句话也没说,从此各自掉头而去,直到马力奥·佩雷兹主教去世,他们再也没有相见。

在前往天国的路上,想必马力奥·佩雷兹主教也曾回首尘寰,透过一层又一层凄风苦雨,他游移的目光,或许会在滚滚红尘里寻觅……最终若是一无所得,是否会怀抱遗恨而去?

后人已无从判断,像马力奥·佩雷兹这样一个不论何时何地、事无巨细,永远哆哆嗦嗦,不知往前还是往后的人,是如何干出那桩"遗臭万年"的恶行的。

如果没有亲历亲见那场人祭并深受惊吓、刺激,以他这样一个优柔寡断之人,能做出那样一个决定吗?

所以在搜索到这些有关资料之后,墨非更愿意相信,那是当年马力奥·佩雷兹主教在怎样忧心、矛盾、恐惧的熬煎中,孤注一掷的结果。

三

又是一个不眠之夜。

与其在床上辗转反侧,不如起身干点儿什么。

喝点儿葡萄酒吧,喝点儿葡萄酒也许就能睡得好一些,马力奥·佩雷兹主教起身从酒柜里拿出一瓶。

这是天主的血啊!

跟阿兹特克人不同,阿兹特克人的神是喝人血的神,而马力奥·佩雷兹心中的神,是让子民喝他的血的神。

一瓶酒下去,有了微醺的感觉,可还没有睡意,只好放下酒杯,到庭院里走走。

即便在无人知晓的夜半,马力奥·佩雷兹主教还是一板一眼,按照教规风仪,把他那件带有尖顶帽的褐色道袍,包括胸前那枚分量不轻的十字架,穿戴整齐。

此时,马力奥·佩雷兹主教风华正茂。不说潇洒,就是随意一些,又能如何?可他一板一眼得实在无趣。

然后慢慢走下楼去,在廊道里往返踱步。

修道院地上部分为教堂,是马力奥·佩雷兹主教与修士们进行宗教活动和生活的地方。

地下部分,则是一条条窄小的坑道和一个个方形或长方形的坑穴,里面分门别类地排放着一堆堆白骨——大腿归大腿,头骨归头骨,胳膊归胳膊……井然有序地安放在一起。

这哪里是遗骨?简直像是行李房的行李。

露在地面上的半截窗里,似有微光摇曳。他贴近那半截窗口,往里瞧了瞧,只见堆堆白骨忽隐忽现。哪里有什么微光,不过是磷火的反照罢了。

来自西班牙的修士们,来时容易返回难,尤其是遗骨。既然有家不得归,只好安置于此。尸体先存放在地下坑道里,待腐烂净尽,再把各个部位的骨头分门别类地存放……

地下坑道如此之大、之井然有序,特别是井然有序,难免不让马力奥·佩雷兹主教感慨良多。也就是说,这样大的"坟墓",是为多少"故乡从此别"的修士准备的啊。

马力奥·佩雷兹主教又抬头看了看修士们的卧室,窗口一片黑暗。但没有灯光并不意味着进入梦乡,谁知道是不是也在床上辗转反侧?他们背负着天主的使命来到这里,为使这些异教徒归顺天主,不但从此有家不得归,有些甚至付出了生命,连尸骨也不得回乡……

修道院的庭院阔大,环绕庭院的廊道也宽敞许多。一些廊道的侧墙上是有关宗教的画面,以西班牙运来的瓷砖粘贴而成。尽管画面粗粝,不能与真正的绘画同日而语,但在幽暗的光线下,画面上的人物竟也有了栩栩如生的感觉。

月光射了过来,将一个个廊柱的影子错落有致地投射在廊子的地面上。那些影子像是天使的翅膀,安静体贴地覆盖、照料着地下坑道里的遗骨……

廊道十分宽大,为回声的共鸣提供了适合的场所,哪怕点滴声响,都有一泻千里之快。尽管马力奥·佩雷兹主教小心有加,可他的脚步声还是显得张扬、肆无忌惮,他蹑手蹑脚地走下台阶,在繁茂的灌木和花丛里往返穿行。

这里的植物像喝足了母乳的婴儿,长得飞快,也像这里土著人的体态,敦实、壮硕、粗大。尤其妇女,大头、硕乳、肥臀,看上去简直就像三个巨大的摞在一起的球,而且三个球之间没有丝毫空隙。

男人不同一些,但脸上也是三个球——鼻头,加上两个颧骨。

可是到了贵族那里,完全又是另一番景象,威严庄重,魁伟修长,英武俊逸,只是两只眼睛阴沉凶险,毫无通融余地,不知是否人肉吃得太多之故……

好像贵族与平民不是同一人种。就像本是同根的松柏,长到树梢,却一分两半儿,一半儿是松柏,一半儿是红枫,谁见过这样的奇观?

有些植物在西班牙见也没见过,好比这里盛产的一种叫作可可的果子,当地人把这种果子烘干磨碎,再加入辣椒细末和玉米粉之类,制成一种叫作"遭克力"的饮料。

初始,马力奥·佩雷兹主教觉得"遭克力"一点儿也不好喝,又辣又苦,可是喝着喝着就喝上了瘾。不仅是他,大家都如此。后来赫尔南·科尔特斯总督还把这种果子和这种饮料的配方带回了西班牙。

富有冒险精神的赫尔南·科尔特斯总督,别出心裁地对这种饮料加以改造,加了糖和牛奶,并改称"巧克力"。这个似乎微不足道的变动,却使"遭克力"发生了神奇的变化。说它神奇,不仅仅是因为这个变动,更听说这种饮料还有催情作用,致使巧克力在西班牙宫廷和上流社会广获青睐。

一辈子活得哆哆嗦嗦的马力奥·佩雷兹主教无法想象,一介军人赫尔南·科尔特斯,却像孩子那样喜欢各种各样的冒险、尝试,竟然还为当地人进贡给他的女奴马林切洗礼,使她成为墨西哥第一个天主教徒,教名玛琳娜,最后还成了他的情人。

来到此地的西班牙人与当地女人发生关系的为数不少,可是迄今为止,还没有人能像赫尔南·科尔特斯总督那样和玛琳娜真有了爱情,而不仅是因为玛琳娜对西班牙人有用。比如她通晓多种语言,不仅仅是阿兹特克语言,还有其他几个部族的语言,更难得的是对西班牙语的精通。至于玛琳娜后来成为赫尔南·科尔特斯总督的首席翻译,也是情势所趋,而不是其他因素使然。

历经世事沉浮,赫尔南·科尔特斯总督与玛琳娜的情爱,倒洗炼出可供品味的绵长。与赫尔南·科尔特斯总督有关的飞短流长,而今已然褪色……

想当初,那些飞短流长也是使马力奥·佩雷兹对爱情、婚姻失去信心,并最终对他的人生选择起过重大影响的因素之一啊。

假如……

可世界上没有假如,人生也不能重新选择……

有关赫尔南·科尔特斯总督和玛琳娜的爱情传说版本颇多,最主要的有两个:

一说玛琳娜本是贵族之女,被强行卖到塔瓦斯科当奴隶,所以会讲多种当地语言,包括阿兹特克语。后来赫尔南·科尔特斯总督为她洗礼,又为她起了教名玛琳娜。玛琳娜聪慧过人,不仅通晓多种语言,对政治还有一种无师自通的理解,翻译也很达意,在沟通西班牙人和当地人的分歧、化解彼此的敌意上,她的积极作用不可估量。

又一说玛琳娜美丽灵秀,精通多种当地方言,包括阿兹特克语,被赫尔南·科尔特斯聘为翻译官,而后秘书,进而为妾。这个"嫁鸡随鸡,嫁狗随狗"的玛琳娜,在西班牙人征服阿兹特克人的过程中为虎作伥,起了极为恶劣的作用。

事实上,玛琳娜既没有成为赫尔南·科尔特斯总督的妻妾,也没有为虎作伥地在阿兹特克人和西班牙人的关系中起过作用。最浅显的道理是,作为天主教徒的赫尔南·科尔特斯,怎么可能娶两个妻子?而西班牙人与阿兹特克人初始的战争胶着状态,随着各种因素的变化也逐渐平息,即便不谈内中玛琳娜的工作成效,至少不是在她的挑唆下愈演愈烈。

更不要说新西班牙进入安定状态后,玛琳娜却突然之间不知去向,不知所终。就连赫尔南·科尔特斯总督几番寻找,也没有她的下落。说她功成之后抽身隐退或许高估,但至少说明她并未曾邀功请赏。

为此,很长一段时间,赫尔南·科尔特斯总督伤心不已。

…………

苍穹像是被漂洗过,干净得连一丝云也没有。繁星近在咫尺,其大无比,一颗紧挨着一颗。

曾有深夜,马力奥·佩雷兹主教独自登上库库尔坎神庙顶层,想在夜深人静的时候感受一下太阳神的高妙、神秘,却什么也没有发生。不过,当夜的星空,给他留下了难以泯灭的印象。他从来没有见过那样大(简直可说是硕大!)那样贴近自己的星星,几乎碰上自己的脑门儿。那些硕大的、拥挤不堪的星星,头一次让马力奥·佩雷兹主教感到,天空,也并非他自出生以来就认识的那样不可企及。

难怪这里的人把神庙越建越高。据他们说,如此这般,离太阳神就更近——是不是离太阳神更近?不得知晓,但离天空更近是确定无疑的。

马力奥·佩雷兹主教当然想不到,几百年后,有一个叫作墨非的中国男子,也在一个深夜登上了同一座神庙的顶层,也是如此这般地与那些硕大的星星有过如此这般的亲密接触,继而发生了一件让人难以置信的事……

排箫的乐声如期而至。它们每每在深夜里吹响,好像吹箫人从不睡觉。且曲调单一,也再没有别的乐器与它同甘共苦。

难道玛雅人只有这一种乐器可诉衷肠?不,阿兹特克人,不……

谁也说不清楚,这些人到底是玛雅人还是阿兹特克人。

当西班牙人来到墨西哥时,这里留下的似乎只是古玛雅人影影绰绰的影子,或是说一个相似的躯壳,尽管当地还有人说玛雅语。

排箫的声音本就凄切,加上曲调单一,就不得不无奈地反复。而无奈的反复,总让人感到一种彻底的无助。

这是一个忧伤的种族吗?似乎怎么也不能把忧伤和如此壮硕、粗浅的人种联系在一起。

不过说到底,又是那个问题——这个民族到底属于玛雅,还是阿兹特克?

………

时而还伴有隐约的鼓声,闷闷地、一下下迟缓地捶击着鼓面,好像上一个捶击在等待下一个捶击的携手同行,又好像在倾听自己的回声……不过这种夜半鼓声,比起人祭时的鼓声,又一个天南地北。

马力奥·佩雷兹初踏这块地域时,天天都被未曾见过的景象吓得目瞪口呆。

千奇百怪的影像,那样强烈地刺激着他,好像他不是一个见过世面的西班牙人。

好比首都特诺奇蒂特兰,如今的墨西哥城,比他所见过的不论是西班牙本土或希腊、罗马的大都会,都无可比拟的雄伟、庄严。城内居民多为贵族、祭司,他们奢侈无度,穿金戴银。至于住宅,更是阔绰,家家都有花木繁茂的庭院,甚至还有屋顶花园。

与多数处在原始状态,采集为生,饥一顿饱一顿,巢居树穴,风里来雨里去,无有衣着,只于裆前遮一阔叶的平民相比,有如一在天堂,一在地狱。性格再平和不过的马力奥·佩雷兹也禁不住发出不平的感慨。

城内房屋多以红石砌成,与堤坝上的白色巨石、大型建筑的灰墙以及座座金碧辉煌的神庙交相辉映,十分抢眼。

特斯科科湖内,环绕在首都周边的林木繁茂的小岛,如绿松石穿缀而成的一挂项链,挂在特诺奇蒂特兰城这颗由红顶、白墙、金殿组成的巨型宝石上。小岛之间,由宽阔平坦的堤坝相连,湖内船只往返穿梭……好一幅美妙的图景。

可是这座看似美丽的城市恶臭熏天。置身其中,像是被人用一块腐烂的尸肉捂住了鼻子,不但窒息难耐,似乎连自己也变成了一块腐肉。

由于人祭过于频繁,掺和着人血的污水便经年不断地漫过整个城市,腐烂的、散发着恶臭的尸体零件,比比皆是……不经意间,就会踩上一块鼻骨或踝骨……总之是各种七零八碎的骨头。

这哪里还是一座供人安居乐业的城市？还不如说是一座巨大无比的屠宰场，一个尸体零部件的大仓库，一座美丽外表掩盖着的人间地狱。

于是，这里的苍蝇像经了浓稠的鳔胶调制，一旦落下，就粘在身上，死缠烂打，怎么甩也甩不掉。赫尔南·科尔特斯总督任职不久，特诺奇蒂特兰就暴发了一场大瘟疫。关于那场瘟疫，都说是赫尔南·科尔特斯总督送给当地人的那些毛毯所致，而那些毛毯是从西班牙运来的，上面沾有无数的天花病毒。

当时，就连马力奥·佩雷兹的专职译员、土生土长的巴拉穆，也不禁发出这样的疑问：如果是这样，沾有天花病毒的毛毯自塞尔维亚码头顺河出海，在几乎长达六个月的航行中，与这些病毒日夜相伴的船员，为什么没有染上这种瘟疫？

可人们大多不喜欢探寻真实的根由，人云亦云是个多么轻松易解的事。岂不知这些掺着人血的污水以及腐烂的尸体，才是导致瘟疫流行的根源……

无休无止的人祭，不但败坏了这个民族和这个民族的宗教，也败坏了这座美丽的城市和人们的生存环境。

可是，按照巴拉穆的说法，这又是一个非常了不起的种族，掌握着文明世界直到现在都不曾掌握的历法、数学、天文、地理……

不，不，不，巴拉穆说的是古玛雅人，而不是阿兹特克人。

巴拉穆并不仅仅是马力奥·佩雷兹主教的译员，更多时候是他的朋友、顾问。巴拉穆是这样的聪慧、博学，又是如此的耐心，他常常觉得，上帝派巴拉穆来帮助他，就像为他添加了一对飞翔的翅膀。

他们几乎无所不谈，而谈得最多的，还是马力奥·佩雷兹主教深感困惑不解的人祭。

"关于人祭……早有说,人类已经处在宇宙非常衰老的第五太阳纪,在这一纪之末,天塌地陷,所有生物都会死绝……阿兹特克人也认为,越来越多的迹象和灾难表明,他们与太阳神已经难以沟通。有位祭司说,他与太阳神对话时什么也没听到,只听到'祭心''祭心'两个字,便解释说,太阳神需要活人的心来祭祀。谁知道他听没听错?于是阿兹特克人就频频举行人祭,以延缓这一纪之末的到来。

"传说第一个用活人祭太阳神的,是大祭司马库塔。被当作祭品的人,是他的仇人皮奇查,因为皮奇查没有听命于他。在我们这里,大祭司的权力高于一切,连贵族首领都要对大祭司俯首听命。

"传说中的马库塔,左脸颊上有一颗大如鸽卵的黑痣。关于那颗黑痣有相当离奇的传说,说这颗黑痣总在不停地抽搐,常常使马库塔痛不欲生,只有在进行人祭时,这颗黑痣才停止疼痛和抽搐。于是便传出,马库塔的黑痣是太阳神的嘴,是替太阳神来喝人血的。除此,关于这位开人祭之先的大祭司,谁也不甚了了。

"但是阿兹特克人的人祭,反倒断绝了古玛雅人铺下的通天之路。别看他们频繁地进行人祭,却再也听不到来自太阳神的信息了……据说后来有位通晓古玛雅语的祭司,否定了太阳神要求'祭心'的说法,他说'祭心'根本不能阻止世界末日的来临,古玛雅人早就找出了计算世界末日的公式。可到底是哪一天?谁也不知道。因为我们遗失了那个公式,或许那公式早被古玛雅人带离了这个世界,也未可知。

"马库塔认为这个祭司蛊惑人心,他这些话,无疑会影响人们对人祭的虔诚信奉,而马库塔一直是主宰人祭仪式的最高祭司……之后不久,那位祭司便莫名其妙地死去了。

"也有人说,阿兹特克人这样热衷于人祭,根本不是为了对太阳神的祭祀,而是在进行生命的转移,也就是说,把本该由这些祭品享有的生命,转移到那些贵族、祭司的身上。你没看见吗,在人祭仪式中,祭司先把祭品的生命转移到神庙,再有所选择地分封给贵族、祭司、王者的木乃伊?那些木乃伊便不断地汲取祭品的生命,直到再次复活。作为祭品的人哪里知道,自己的生命并没有献给太阳神。这就是蒙特祖马为什么说'平民并不需要知识,平民有了知识以后,就不再尊重王族了'!"

这样做是不是太自私了?

巴拉穆好像知道马力奥·佩雷兹主教在想什么,随口答道:"是的,是的,当然有人说,人祭完全是出于这些人自私的目的……"

说到这里,巴拉穆不说了,他想起那位与自己的祖先有着千丝万缕关系而死因莫名的祭司,还有关于马库塔的诸多传说。也想起了那个石柱,还有石柱上那一组让他心心念念的符号。

"世界末日!哪一天是世界末日,那是天主的事情,难道是人能随便推算出来的吗?"马力奥·佩雷兹主教趁机反问。

巴拉穆难以觉察地似乎奚落地一笑。那笑当然不是针对马力奥·佩雷兹主教,不过可以解释为针对自以为是的所谓智者,"……人们并不知道,这个公式需要一个索引才能找到。而它的索引,隐藏在一组叫作'可以带来幸运的数字'里。"

"那是一组什么样的数字呢?"

"很难说……"

"你是从哪里得知的——找到这个索引,就能找到那个公式?"

"从一个山里人传承来的。"巴拉穆没有说出实情。对一个外来人,哪怕此人是值得信赖的朋友,他也不能托付一切,何况这并不是他自己的事情。

"是哪座山呢?"

巴拉穆起身,向窗外一指。那是群山之中最高的一座,半映半现在虚无缥缈的雾霭之中,也许那根本不是山峦,而是变幻莫测的云。

"能见见那个人吗?"

巴拉穆岔开了话题,也可以说是对神父的要求给了一个迂回的回应:"而我们的祖先……我是说,古玛雅人是有大智慧的人,他们无所不知、无所不晓,不但可以洞察世间一切隐秘,还能探测山川大地、天宇四极……"

那次翻山越岭去找巫师为父亲治病……山路十分崎岖,平时少有人走,又是野兽经常出没之地。可是父亲病重,为了抄近,他顾不上危险……

其实他也记不清了,是为给父亲治病去请巫师,还是去寻找自己的歌?

四

在巴拉穆的部族中,每人都有一支属于自己的歌。那支歌,是他们与天交流的暗道;那支歌,隐喻着他们生命里所有的未知。但那歌并非与生俱来,一旦人们成年,就得跋山涉水去寻求某个属于自己的地方,到了那个地方,一首属于他自己的歌自然就会浮现……

山路上,经常是前脚不跟后脚,而巴拉穆失的那一脚,却具有非同寻常的意义,它让一筹莫展的马林切终于有了渺茫的希望。

在穿过一处荒草蔓生的坡地时,巴拉穆不知被什么东西绊了个趔趄,崴了脚。他只得停下,蹲下身来按摩揉搓那崴了的脚。忽听草丛里簌簌有声,接着,一道金棕色的光亮一闪。巴拉穆想是遇到了野兽,忙在草丛里悄悄伏下,抽出一支箭向那光亮的落点射去。没想到,同样一支箭,与他射出的毒箭在空中相击,只见两支箭如雷电撞个正着,"刷"地擦出流星般灼眼的弧线。

不是野兽,是人!

谁?

巴拉穆微微欠起身子,从草丛里望去。此时,对方也微微欠起身子,从草丛里望来。然后他们同时直起身子,互相吓得对方一个趔趄,差点儿滚下山涧。

眼前是一个虽然有些年纪,却依然美如豹子的女人。这当然不是指女人的容颜、身段,而是质地。他们互相对视着,一时不知如何是好。

女人的长袍虽已破旧,但质地上乘,花色独特,不论颜色或图案都与常人不同。是她自己的设计还是授意工匠做的?那是古玛雅人的趣味……也是巴拉穆暗藏于心的喜好。仅就这一点,巴拉穆就像遇到了知音。

也就是说,早已由玛琳娜变回的马林切,依然和阿兹特克人的趣味不同。然而何谓玛雅人的趣味?何谓阿兹特克人的趣味?之间的区别十分微妙,没有特别的品位、特别的传承,是体味不出的,且无法用语言表述。即便常见的孔雀绿和赭石红,也因颜色不同的过渡而千差万别。色彩的高妙与低下,全在于恰当的过渡,而"恰当",是最难把握的,没有经年累月融入骨子里的熏陶,根本不能得其要。

就在那时,巴拉穆一低头,看到了那个躺在草丛里的、马林切守护了多年的石柱。

后来的后来,巴拉穆才想起不知问谁地问了一句:难道,这就是我要找的,属于自己的歌吗?

马林切只告诉巴拉穆,石柱上有一组"可以带来幸运的数字",并没有告诉巴拉穆这组数字为什么叫作"可以带来幸运的数字"——就是循着它,能找到那个可以计算出世界末日的公式。

可是如何循着这组数字去找那个公式?马林切也是不知道的。

尔后隔三差五,巴拉穆就会到山里去会马林切。没有血缘,亦非故旧,却比任何关系都更紧密。谁知道呢,也许是对阿兹特克人的嫌弃、轻蔑、仇恨,也许是对戛然而止的古玛雅文明的追怀……或许是他们心中所怀有的共同隐秘——自己是古玛雅人的后代。

他们有时在山里绕来绕去——说不定能遇到另一个可以解释这个石柱的石柱呢?玛雅人的遗迹很多,几乎漫山遍野,但这样的遗迹也可以说没有,因为没有一处可以用来破译他们的石柱。不能破译也就等于没有,就像他们守着的那个石柱。

时不时有巨蛇刷刷游走在齐腰草丛中,时不时传来不知什么动物的一声怪叫,时不时迷路……是啊,人们常常找不到自以为再熟知不过的一个东西、一个地点、一个人、一个曾经。

他们有时对着那石柱沉思,有时对着某个符号猜来猜去,争论不已,谁也无法将上面的文字、符号破译。而且那些文字、符号,断断续续、支离破碎,就更加难以辨认……

似乎这就是它的,也是所有事物的结局?

只是马林切想不到自己会那样早地离开。而除了巴拉穆,再也没有可以"托孤"之人!

在那最后的时刻,马林切只得对巴拉穆说:"我离去的日子已为时不远,你能来到这里,怕是神的旨意,事实上除你之外,也再不会有人理解这石柱,或对这石柱上隐喻的内容有兴趣。这是万人不及的缘分,或是说,石柱选定了你。"

马林切叹了口气,继续无奈地说道:"……这组数字不过是个索引,不是结果。不过这个索引已经告诉我们很多,或是说,除此之外,我们什么也不知道。"

"是的,仅仅是个索引。"巴拉穆回应着。

"我们能依靠的只是这个索引,根据这个索引,再去寻找那个可以计算出世界末日的公式。"

到了此时巴拉穆才知道,这组数字不过是个索引,索引后面还跟着那样大的一个秘密。但他没有心生不悦,正像他从未把有关石柱的实情告诉他的朋友马力奥·佩雷兹神父,其中的情义是同样的。只是他实在无法承受马林切那不甘而又不得不罢手的目光,只得低垂着眼睑,一下又一下不停地抚摩着石柱。

好像古玛雅人终于大发慈悲,为让马林切了无牵挂地离去,霎时间,巴拉穆觉得对石柱上的一个图像忽有所悟。他指着石柱上一座正在燃烧的庙宇图像说:"在古玛雅人的习俗中,燃烧的庙宇,似乎是'血缘中止'的意思。什么是血缘中止?为什么说到血缘中止?……是不是指的就是世界末日?"

对于巴拉穆的分析,马林切不得不点头称是。作为王者之女,马林切当然能够想象石柱上的某些图像代表什么意思,她从小就在贵族学校学习过。可巴拉穆……如果巴拉穆认出石柱上的数字,那没有什么特别,而八九不离十地猜想出上面的图像,却让她十分意外。她的呼吸随即变得顺畅起来,让巴拉穆好不振奋,岂不知那是回光返照。马林切说:"你说得有点儿意思。

而且你看出来了吗？那燃烧的庙宇,好像就是库库尔坎神庙,那可是玛雅人的祖庙啊!"

"也许有关世界末日的那个公式,就藏在库库尔坎神庙的某个地方?"

然后,他们对望了很长时间。

这对望像是一个句号,马林切刚才还顺畅的呼吸,便骤然停止在这里。

第 三 章

一

玛琳娜可以带走任何她喜欢的东西,但是她没有对那些所谓值钱的东西留下一瞥。她只带了多年以前赫尔南·科尔特斯总督为她从西班牙带回来的第一套衣裙,尽管这套衣裙有些旧了。

可正是因为它旧,衣裙上才积蓄了那么多可以回味的东西:混杂难辨的气息、颜色暗损的袖口、食物的点滴渍迹,甚至每一根夯起的线头……哪里是衣裙?那是岁月点点滴滴的留痕。说是她自己的,又何尝不是她和赫尔南·科尔特斯共同的?

这第一套来自西班牙的衣裙,意义非同小可,它让玛琳娜一头跌进另一种文明的深井而万劫不复。

而后,随着时尚的流行,赫尔南·科尔特斯又为她从西班牙带来若干套衣裙,可是她毫不犹豫地选择了这一套,甚至放弃了那一套——为他们制造了肌肤相亲机会的那一套。

赫尔南·科尔特斯是否为玛琳娜一掷千金不好说,但为她买来的衣物,不论款式或用料总是上乘的。玛琳娜自然成为首都墨西哥城着装最为得体、最为优雅的女人,尤其在墨西哥城兴起不久的斗牛场的观赏台上。

赫尔南·科尔特斯的弟弟,为庆祝西班牙征服墨西哥,从西班牙带来两头牛,并在此地举行了首场斗牛。从此,当地人,尤其是有些身份的人,就爱上了这种奇怪的游戏。尽管最后差不多都是以牛的死亡而结束,但总比当地人更为残酷的球赛仁慈一些。

于是斗牛,便渐渐成为当地人的盛典,而斗牛场更成了女人们争奇斗艳的场所。

她带走的,还有赫尔南·科尔特斯总督的一张画像。似乎这张画像上的他才是真正的他,而不是那个身经百战的军人。

玛琳娜喜欢这张画像上的赫尔南·科尔特斯,忧郁、瘦削,有些烦躁,然而一双眼睛却在恋恋不舍地望着她,柔情蜜意。还有一丝恳求,是在恳求她不要走吗?

而后,玛琳娜穿回了昔日那件宽松的直到脚踝的长袍,戴回了自己那些玉石镶金的手镯、脚镯、耳环。这些配饰,大多是母亲留给她的,昂贵的黑曜石镶嵌在闪烁的金子里,自有另一番庄重。继母把她卖为奴隶的时候,并没有把这些首饰拿去,作为一个部族王者的妻子,她大概不屑如此。

…………

好像这一换,她就能从玛琳娜变回马林切。

如果事情能够这样容易就好了。

可惜啊!

如果一个人生下来就是盲人,从未看到过外面的世界,他也许不会感受另一种痛苦——比如,一旦让他睁开眼睛,看到了这个不管是好还是坏的世界之后,再让他回到什么也看不见的黑暗中,那就不仅仅是他的眼睛重回黑暗了。

真有点儿像……像《圣经》里讲的,亚当和夏娃吃苹果那回事。

玛琳娜思绪万千,不由得又往镜子里看了看……怎么,镜子里映出的,竟是她试穿赫尔南·科尔特斯为她从西班牙带回的那第一套衣裙的情景?

难道这面镜子是巫师的黑曜石魔镜,可以看到平时看不到的另一个世界?或是解剖出平时难以了解的事物本质?或帮助自己占卜未来?或在显示神的旨意?……

抑或是自己的眼睛花了?

酒红加金的花纹凸现在橄榄绿底色上,如秋日太阳照耀下尽染的层林,争先恐后地丰富、浓烈。

衣裙的材质是产自西班牙格拉纳达的丝绸,六股丝锦缎,质地厚实,手感柔润。

玛琳娜当然不知道,格拉纳达的丝绸是西班牙最好的丝绸,也是最受宫廷青睐的丝织品,当然还有天鹅绒。

更引人遐想的是衬裙,布满极尽靡费的刺绣和皱褶。

印第安女人的臀部本就丰满,加之裙下的鲸骨裙撑,使裙摆显得更加阔大、平展,而上半身却被肩部窄小的紧身胸衣箍紧,紧得玛琳娜几乎透不过气来,但她的腰围就此显得更加窈窕,还有结实——一种引人遐想的结实。胸前至小腹倒挂的三角胸饰下坚硬的垫衬,顶得她不得不收腹挺胸,蓬起的袖山和微微下垂的袖子,随着手臂的一举一动,舞出多少情致……

玛琳娜在镜子前面呆住了,悄声问镜子里的那个女人:这还是我吗?

她的身体在无拘无束、宽袍大袖的服饰里自在惯了,从没想到严丝合缝的西班牙服饰把自己的身体包裹得如此凸凹有致,反倒比赤身裸体更加性感,而这性感又是含蓄的、欲擒故纵的——狂野却不失妩媚,高雅而又威严。她仿佛重又回到部族公主的身份,但又增加了更为纷繁的内涵。

一时间,她有些不明白了,人还是那个人,怎么转瞬间就不是那个人了?是什么改变了她?她反复打量自己,对了,是那套衣衫。

不仅包装,连眼神儿都不同了,岂止是顾盼生辉?

她爱这个新的自己。

当时就不由得想,如果让她回到原来的部族,再过从前那种日子,还能习惯吗?

一向持重的赫尔南·科尔特斯见到改头换面后的玛琳娜,也不禁发出一声:"啊!"

而他投过来的那一瞥,瞬间就和过去有了质的差别。

那是一个男人的目光,可也只是瞬间。

在此之前,每天每天,他的目光无数次地扫过她,如同扫过天天都要进进出出的总督府大门。即便这里曾是阿兹特克国王蒙特祖马的宫殿,赫尔南·科尔特斯也不曾多加留意。

除非拆掉那个大门,或门前加上两级台阶,让习惯平蹚的赫尔南·科尔特斯失足,他也许才会停住脚步,问一句:怎么回事?

对于这座曾经的阿兹特克国王蒙特祖马几乎是用金子打造的宫殿,赫尔南·科尔特斯也只是说道:"作为总督府,再没有比这里更为现成的地点了。"

傲然的、还未改名玛琳娜的马林切当即问道:"那么,您个人对此是毫无感觉了?好一个金碧辉煌的宫殿,多少人梦寐以求的享受……"

对她这些真真假假、说不清是调侃还是讥讽的话,赫尔南·科尔特斯竟毫无回应,甚至还有些诚恳地回答说:"说不欣赏是假……可我能选择一座印第安人的帐篷做总督府吗？世上有哪一个国家，不把国都作为国力的一个象征？"

她听了之后眉毛一扬，这一扬，又扬出了一点"祸心"，说："那又为什么把阿兹特克人送你的一金一银、车轮大小、刻满图符的两个历盘熔为金锭银锭？……"还学着他的语声语调说，"世界上有哪个国家，不把具有珍贵价值的文物作为历史文化悠久的象征？……"而后又恢复自己的语气，"这么说来，那两个具有珍贵文史价值的历盘，到底还是金银而不是文物了？"说罢，嘴角还说不清是讥讽还是调皮地往上一翘。

其实把那两个历盘熔化为金锭银锭之后，赫尔南·科尔特斯马上反悔。当时他考虑的倒不是金银或历盘的价值孰高孰低，而是对刻满图符的历盘，在文化、历史上的意义毫无所知。加之此地到处都是刻有类似图符的建筑、石块、家什、装饰……甚至人们脸上也画有这样的图符，那么这两个历盘，想来也没有什么特别之处。

遥远的印第安文化对赫尔南·科尔特斯来说，实在是太陌生了。

哥伦布发现新大陆之前，谁能知道世界上还有这么一块与欧洲的文明、文化相差十万八千里的地方？

当然，也是为了运回西班牙以呈国王的方便。船上空间毕竟有限，航程上还不知会遇到什么意外，说那航程九死一生也不为过。

不过她的话直戳他一直耿耿于怀的那个懊悔，这女人可真厉害。

接着他就恼羞成怒。

太没规矩了，竟然敢这样对他说话！即便是他，在宫廷也不能如此这般地和国王讲话。他虽说是这片被称作新西班牙的土地上的总督,地位也就相当于这里的国王了。

他当然不会因此下令杀了马林切,可也不能不教训她。

许多西班牙殖民者在此地胡作非为,横行霸道,贩卖奴隶,发财致富,对待奴隶简直比牲畜都不如,而且说杀就杀。赫尔南·科尔特斯从来反对这等行为。可他毕竟只是总督,他的命令能有多少力度?就连宫廷三令五申不得买卖奴隶,还不是禁止不得!他也只能做到律己而已。

可是反对贩卖、杀戮奴隶,并不等于容忍下人这样对他说话。

此时的赫尔南·科尔特斯,还不知道马林切的来龙去脉,等到后来知道了,也就不奇怪了——她是犯了公主脾气。天下的公主都是这个样子,脾气上来,不顾死活。

他绕着她走了一圈又一圈,想要知道她哪儿来的胆量,竟敢对他这样说话。

马林切梗着脖子,一脸无辜地站在那里,随他琢磨。这让他猛然想起,他又不是今天才领教这个女人——

那天,当她与另外十九个女奴被作为贡品送到总督府的时候他就注意到,她自有一种与众不同、不容轻慢的气度,可又不是挑衅。

当然不是挑衅。有那样一种气度的人,是不可能拿"挑衅"这种等而下之的东西来充当自己的脊梁骨的。

这激起了赫尔南·科尔特斯的好胜之心,或是说征服的欲望。难道他不是一个战无不胜的军人?

于是,马林切没有和那十九个女奴一同分配到下房做工,而是留在了赫尔南·科尔特斯身边,服侍他的饮食起居。

朝夕相处中,赫尔南·科尔特斯自是一副居高临下的姿态,顶多偶尔来点儿惺惺惜惺惺。

岂不知他小瞧了马林切,根本没想到他和她的对局竟是强强对垒。

她刚才说的那些话,再一次展现了他们之间强强对垒的局面。

可不是,时不时,马林切就和他这样来上一招儿,难道今天有什么特别之处?

他为什么恼羞成怒?这是不是说,他被她击败了?一个动不动就恼羞成怒的男人,绝对算不得是男子汉。

于是赫尔南·科尔特斯说服自己:她不过像往常一样发出一个疑问,也没有说出什么具体不敬的话。

于是他不耐地挥挥手,让她下去。

马林切也不觉一惊,惊的不是自己竟然顶撞总督,揭他的老底儿,而是不意中惊醒了自己:原来,在赫尔南·科尔特斯眼里,金银的价值还是超过了文化、历史的价值。如果真是这样,他那礼仪,他那文雅,又是从哪里来的?他到底是文明的还是不文明的?有文化的还是没文化的?

这让贵族出身、很小就被送到贵族子弟学校,接受过良好教育的马林切十分费解。

不论是马林切还是赫尔南·科尔特斯都不知道,他们就这样自以为是地把对方定在了不一定正确的方位上。也不知道,凡此,皆为"立场"不同的结果。

几百年后,就在这个城市,就在距离这座总督府不远之处,一个叫作秦不已的中国女人与当地一位老者,有了一场关于历史的讨论。似乎她的"无定论"之论,早在此时便在马林切和赫尔南·科尔特斯难以消停的唇枪舌剑中得到了印证。

也许正是两种文明的不同,而且如此悬殊,西班牙对马林切才有如此的吸引力吧?

同时,马林切又很难抑制对某些西班牙人的轻蔑,比如那个叫做努尼奥·古斯曼的殖民者,真是十分的猥琐。

贪婪就贪婪!人世间,贪婪这个现象实属正常。他却先以镇压叛乱为口实,而后又以讨伐之名将当地人捕猎为奴隶;或强迫当地人缴纳无法负担的苛捐杂税,再以"拒交"罪名将他们贬为奴隶,随后也就有了处置这些奴隶的权力和借口……不论什么借口,无非是用奴隶赚钱发财而已。

阿兹特克人用残酷的武力,明火执仗地对其他部族进行杀掠,固然让马林切万分仇恨,而努尼奥·古斯曼这等殖民者,为掩盖他们的杀掠,颇费心机制造借口的宵小行径,更让她轻蔑,从骨子里轻蔑。

那些奴隶或被贩卖,或发放在农田、工场劳作。他们受到的待遇连那些殖民者胯下的坐骑都不如。殖民者的马匹,还有马圈可住,还有草料可吃,时不时还会得到主人的爱抚。奴隶呢,不但常常遭受严刑拷打,还没的可吃,没的可住,不得不以地里的爬虫、草根充饥……甚至因饥饿而死亡。

所以很有一些人羡慕她在总督府的工作,说,我们哪怕不做翻译,在下房干干粗活儿也行啊!

自己眼下的生存状态,竟还令人生出艳羡,那艳羡背后的辛酸,也就可想而知。

阿兹特克平民,并不像他们的王族、祭司那样横行霸道,作恶多端。惩处那些王族、祭司马林切无话可说,可他们的平民为什么也要受这没完没了的盘剥和肆意的杀戮?

…………

不过,西班牙人消灭了阿兹特克帝国!

马林切早就盼着阿兹特克帝国的灭亡。

阿兹特克人发动战争消灭其他部族的目的之一,就是把战败部族的俘虏作为祭品用于人祭。仅她的家族,就有若干人被杀,最后一个就是自己的叔叔。马林切是亲眼看着叔叔的脑袋,如何从高高的神庙台阶上一跳一跳地滚下来的……

他们想消灭哪个部族就消灭哪个部族。最可恨的是还有意留下一些部族,以供他们进行死亡游戏:想什么时候打一仗就打一仗,好把那些部族的俘虏用作祭品的后续,或用于供他们取乐的、最后总以砍脑袋为谢幕的球赛……

还不说他们皇族的金质服饰、日常所用器皿、蒙特祖马那金子铸就的宫殿,甚至宫殿围墙上的每一块金子,哪一块不是用其他部族的鲜血冶炼出来的?

…………

现在,阿兹特克人受惩罚的时刻终于到了。被多少弱小部族视为魔鬼的蒙特祖马,自称受命于太阳神的阿兹特克帝国,哗啦啦,顷刻之间就坍塌了,他们从此再也不能屠杀其他部族了。

从这一点来说,马林切又消解了与西班牙人的对立。

而阿兹特克人残酷血腥的人祭,在赫尔南·科尔特斯一日又一日坚持不懈的努力下,也得到了终止。

毫无疑问,使用的手段也很残酷,凡参加人祭的,不论阿兹特克贵族、祭司还是一般民众,一律格杀勿论。而人祭仪式每每声势浩大,经他这一镇压,且不说血流成河,仅那横陈交错的尸体也称得上壮观。可是手段不残酷,能终止那以太阳神名义沿袭下来的、以阿兹特克王族武力做后盾的人祭吗?尤其在西班牙人占领初始。

加上他把阿兹特克人赠送的一金一银、车轮大小、刻满图符的历盘熔为金锭银锭那等事,以及对当地黄金、玉石的掠夺,他所享有的西班牙宫廷赏赐的巨大财富,被人指控为贪婪、残酷、傲慢、狡诈、暴戾……当然是顺理成章的事。

马林切是不大容易被人左右的,对人对事的看法,大部分基于自己的观察。

比如对赫尔南·科尔特斯镇压人祭,她就不止一次地对那些进行指责的人发问:为"终止人祭"不得不诉诸武力,和永无止境、一路狂杀滥捕下去的人祭,究竟谁更凶残?

西班牙人初到阿兹特克人的盟邦乔卢拉城时,曾被请入神殿,当作贵宾欢迎。可西班牙人却突然关闭、封锁了神殿大门,出其不意地杀死了乔卢拉城欢宴他们的手无寸铁的民众,据说有六千或三千人被杀,阿兹特克人损失惨重……

到底是六千还是三千?数字出入之大、之随心所欲,不说也罢。再说,较起真儿来,流传中的数字也好、事件也好、人物也好,哪个禁得起推敲?

再说那毕竟是阿兹特克人的地盘,当时,在当地人里三层、外三层的包围下,西班牙人何以关闭、封锁神殿……

对此西班牙人的说法却是:他们不过是先下手为强的自卫反击,那个所谓欢迎仪式,不过是蒙特祖马二世妄图歼灭西班牙人设计的圈套。在你死我活的战争中,难道还有什么礼让之说吗?

在入侵和反入侵的战争中,人们当然是看大局,大局是大道理。于是西班牙人,尤其是赫尔南·科尔特斯,自然得承担狡诈、凶残的罪名。

于是马林切又问道:说到凶残,阿兹特克人和西班牙人又有什么区别?

马林切并不否认西班牙人的凶残,她只是说,不要以西班牙人的凶残,来忽略,甚至掩盖阿兹特克人罄竹难书的罪行。

然而世界是那样匆忙,谁有工夫考虑,并以客观的态度对待他人的真实想法?

相反,正是因为她把人祭和终止人祭,阿兹特克人还是西班牙人谁更凶残放在一起对比,尽管结论昭然若揭,可她从此便有了"汉奸"的头衔。

至于赫尔南·科尔特斯把阿兹特克人赠送的一金一银、车轮大小、刻满图符的历盘熔为金锭银锭,以及对当地金玉的贪婪、掠夺,不但常常遭到她的讥讽,也从来没有得到她的原谅,更是她耿耿于怀、终究不能逾越的一个隔阂,也是她始终对他有所保留以至后来出走的原因之一,只是赫尔南·科尔特斯一厢情愿地毫无察觉而已。

遗憾的是,她过不去的这个坎儿,用今天的话来说,并非出于民族、侵略、殖民等等大义,而是基于对文明的渴求,以及对文明人所应具备的品格的考虑。

马林切或许不会使用刀叉,可是她对文明的要求、向往,不但超越了当时的时代,甚至超越了以后的时代。

即便把她放在二十一世纪,她也会因品格上的考虑,抛弃男人或被男人抛弃,甚至被公众社会所抛弃。

…………

日久天长,马林切和赫尔南·科尔特斯之间也就不那么剑拔弩张。原因也说不具体,好像刚上脚的新鞋总不十分合脚,如果假以时日,脚便适应了鞋,鞋也适应了脚。

一定追究起来,似乎也可以找到一点线索。

那一日,赫尔南·科尔特斯着实让她受了感动。

征服了阿兹特克人的几十万大军,从不服输的赫尔南·科尔特斯,众目睽睽之下,竟谦卑地跪迎那些远道而来的教士,并亲吻了他们脚踝下的道袍。

有人说,那是他的"表演"。可是她知道,那不是。那是感恩,也是虔敬。这从平日里赫尔南·科尔特斯对宗教的虔诚便可知晓。他总是说,天主不但创造了世界,也创造了人的肉体和精神。当时的马林切能够皈依天主教,就是他苦口婆心游说的结果。马林切何许人也?说服她是容易的吗?

而"玛琳娜"这个教名,也是赫尔南·科尔特斯给她起的。

而且,呼风风来,唤雨雨到,万人之上的赫尔南·科尔特斯有什么表演的必要?崇尚武力的他,从来没有过实施绥靖政策的设想。

赫尔南·科尔特斯上任不久,就为废除贵族、祭司对教育的垄断做了努力。他认为,一个人群不论如何野蛮、残暴,都可以通过教育,成为具有美德、文明、理性、人性的人,否则无论多么强大,也会灭亡。所以他才会说出那段名言:"其实是阿兹特克人自己消灭了自己,而不是西班牙人,更不是我。一个落后的社会,必然被相对来说比较超前的社会淘汰。"——这是后话。

教士们正是他开办学校,担任教师的合适人选。于是他从西班牙请来大批天主教士,那天,正是教士们到达的一天。

赫尔南·科尔特斯那一跪,跪出了多少不曾与人言说的心怀?只有与他朝夕相处的玛琳娜,方能知道些许。有道是英雄有泪不轻弹,那么,又有多少英雄好汉,逢人便倾诉自己的襟怀?

后来有个祭司说,什么废除教育垄断?赫尔南·科尔特斯无非是想让当地人皈依天主而已。

当然,这种说法也不无道理。

不过,若是人人都有接受教育的机会,即便皈依了什么,又有何不可?

旧时的墨西哥,文字、数学、天文、历法等等知识,只能以秘传的方式传授给贵族、祭司和他们的子弟。也就是说,只有贵族、祭司等少数人及其子弟,才享有受教育的特权,包括她自己。如果她不是部族之王的女儿,当然也不会有受教育的可能。

为什么会是这样?有人想过、问过吗?……似乎没有。只有玛琳娜,才会无事生非地想出许多"为什么"。

也许贵族、祭司们唯恐平民掌握了知识,自己就失去了因掌握知识而来的许多特权,比如对神谕的解释权。这也正是后来巴拉穆对她不止一次说到的,可见这不仅仅是她个人的偏见。

赫尔南·科尔特斯终于在新西班牙开办了第一所不为贵族、祭司所垄断的学校。凡是愿意读书的孩子,都可以入校读书。

若干年后,当玛琳娜重返深山老林,最终遇到可以"托孤"的那位巴拉穆,正是赫尔南·科尔特斯新教育政策的受益者。

不论赫尔南·科尔特斯有意还是无意,客观上,他为普及当地教育,还是干了点儿什么。

新学校开办不久后的一个深夜,赫尔南·科尔特斯返回总督府的时候,就在总督府大门口,一支冷箭,射中了他的后背。

有些人,无论如何都是招人恨的。

废除教育垄断,遵照西班牙王室废除奴隶的谕令,实施其他改革措施……不过都是公事。既是公事,有些人就是可办可不办,有些人却视为势在必行。谁让赫尔南·科尔特斯一辈子争强好胜,不论干什么,都想有点儿建树?

结果呢?结果是任何一个作用力必定有一个反作用力的搭配。但凡一个让人不痛快的人,人家就会让他不痛快。

作为新西班牙第一任总督,赫尔南·科尔特斯施政的结果是,不但招致了当地贵族、祭司的怀恨,也招致了某些西班牙殖民者的怀恨。

问题是,那些因赫尔南·科尔特斯的施政受惠的人们,也不曾喜欢过这位总督。因为他的施政收效甚微。

赫尔南·科尔特斯可以征服几百万阿兹特克人,却无法降服人性的贪婪,包括他自己的贪婪。人们一到这种时候就犯糊涂,既然一任自己的恶行泛滥,那么限制他人的恶行还不成为妄想!看来那真是天主的事儿,按照比赛规则,他越位了。

不过从那支冷箭来看,像是当地人所为。可谁又能说那不是一支嫁祸于人的冷箭?

赫尔南·科尔特斯被抬回总督府时已经昏迷,能不能醒过来,谁也不好说。

生命垂危的赫尔南·科尔特斯,没有像许多奄奄一息的人那样,或拉住玛琳娜的手,或呼叫哪个女人的名字……此时此刻,这难道不是一道必然的风景?

没有,全都没有。

赫尔南·科尔特斯连病痛都和他人病痛得不同。他只是面色惨白,双目紧闭,冷汗淋漓,偶尔从嘴里发出很不浪漫的"咯吱咯吱"咬牙切齿的响动,仿佛嘴里有千军万马在鏖战不休,而他已然弹尽粮绝,不得不赤手空拳拼搏,最后连牙齿也用上了。

玛琳娜动了恻隐之心。没有听从深通医道的西班牙教士的意见,专断地请来当地最有威望的一位巫师。对付箭伤,还是巫师最有经验。

…………

如果一个女人开始对某个男人专断,而那男人也乐得消受,他们就离相爱不远了。

二

如果仅从款式来说,玛琳娜更喜欢的是那套黑色天鹅绒衣裙——没有任何花饰,只是极为简约地在领部、袖口镶有白色镂空花边。作为印第安人,那是她从不曾着意过的颜色,散发着一种凋败又不失庄重的逝去的韵致。

玛琳娜的这个品位,有些出乎赫尔南·科尔特斯的意料,印第安人或阿兹特克人更青睐的是明艳。

或许因为,那套黑天鹅绒衣裙,与他们的定情之夜有关?

不巧的是,那一次眼前没有女佣帮忙,玛琳娜不知道怎样才能抻顺裙子下面那圆锥形的、由细细的鲸鱼骨支撑起来的衬裙,也不知道怎样才能系上那些左缠右绕的丝带,最后它们全都乱成一团……

而那天赫尔南·科尔特斯刚好有闲,又急于看到玛琳娜穿上这套衣裙的效果,因为这套黑色天鹅绒衣裙与印第安风格反差如此之大,说不定她不喜欢……所以等在外面。

久久不见玛琳娜出来,又听到她不断地唉声叹气,只好推开一丝门缝,问道:"有什么问题吗?"

…………

曾为几多女人轻解罗衫的赫尔南·科尔特斯,再熟悉不过这些左缠右绕的丝带,乐得有这样的机会帮忙。那时他们虽已彼此有情,可还没到肌肤相亲的地步,这在赫尔南·科尔特斯是一份对女人难得的尊重,在玛琳娜是一份由于地位悬殊而生的自尊自爱。可是左缠右绕的丝带,给了他们半推半就的机会。

起初也许没有更多的念头,可是在抻展那庞大的衬裙时,赫尔南·科尔特斯的手难免不碰到玛琳娜的腰肢。他觉得应该立刻缩回自己的手。可那手,像是触摸在了一块滚烫的金属上,且被烫得血肉模糊,粘连在那上面,再也无法移动了。

那是赫尔南·科尔特斯第一次接触玛琳娜的肉体,也是他第一次在玛琳娜面前失控。这一失控,便如堤坝决口,大浪滔滔,天昏地暗,淹没了世界,也淹没了他自己。

赫尔南·科尔特斯的面色突然变得十分苍白,从后面猛然拦腰将玛琳娜抱住,也许因为无法交代自己的失控,他把脸深深埋进她的领窝,头上黑色的丝绒头冠以及头冠上的翎羽,便掩埋在了玛琳娜领口那些白色的花边和皱褶里……

玛琳娜一动不动,听着他一阵紧似一阵的心跳和在欲望中挣扎的喘息,而又因挣扎的无果,那喘息又化作无奈的叹息……凡此种种,无一不像出征前的击鼓,催逼着她,哪怕豁出命去,也要将自己化云、化雨。

突然,一丝又一丝刺痛,游蛇般穿行在她的颈部……或许他在吮吸她肌体内里的气息,也或许他在将自己的魂魄注入她的躯体。

在缕缕疼痛游蛇般穿行里,她那准备腾空一跃的力气,却被一丝丝地抽走,她的身体也不禁瘫软下来。赫尔南·科尔特斯一把抱起了她,含混不清地说道:"你真是太美了!既不是墨西哥的,也不是西班牙的,你是你自己,是我见到过的独一无二的……"

情话谁不会说呢?尤其是西班牙人。当地人不说这么多,或许因为有太多的歌声、太多的排箫替他们说出自己的情爱,或许就是直截了当的、肉与肉的交缠。

当然,说到最后,都是肉与肉的交缠,但是这个前奏,不要说对从未见识过如此美丽花絮的玛琳娜,即便对见多识广的女人来说,怕也是锦上添花。

103

赫尔南·科尔特斯自己也不清楚,玛琳娜吸引他的是美貌,还是气质?

对,是傲岸。即便初来乍到,给他端盘子的时候,也不能煞去她的傲岸,还有那么点野性。

尽管种族不同,但贵族的气质是几辈子修炼来的,不论哪里的贵族,都一样。贵族之气,怕是人间最难以伪造的东西。也难怪赫尔南·科尔特斯在很长一段时间,对作为女人的玛琳娜,有一份不大容易逾越的障碍。也就是说,他觉得这个女人不容随便。

那一天,当她与其他十九名女奴被送到总督府的时候,她还叫作马林切。

叫作马林切的她,本以为西班牙人会像阿兹特克人那样,随时将她们开膛剖肚,以行人祭。如果那样,也再正常不过。

所以当第一个餐盘摆到面前的时候,马林切还在想,这怕是今生最后一餐了。可她居然还有心情欣赏盘子上的花纹。

盘子的颜色十分矜持,与自己民族的色彩大不相同。色彩是有语言的,如果说西班牙人的色彩叙述的是树影迷离的浪漫,那么自己那个部族的色彩,叙述的就是月亮和太阳撞击时双方拼了性命的迸发、倾泻、挥洒。

在当地,从没有人使用过这样的餐具,只是用手抓,用手撕,用牙齿咬……顶多用大小不同的粗糙的陶钵盛过大宗的饮料和食物。那些陶钵的造型、色彩,饱含着欲望的炙热、生命的饱满,却实在与文质彬彬无缘。

再看看那些银制的刀叉,奇怪着西班牙人为何要借助这些闪闪发亮的东西才能把饭吃下去。一小块一小块地切着,再一小块一小块无声无息地送进嘴里。

他们为什么不用金子？金子的光泽要比银子的光泽更为灿烂不是？不论是自己那个部族，还是阿兹特克人，更喜欢金子的灿烂。比如蒙特祖马的衣服，就是用黄金、白银和绚丽多彩的羽毛编织而成的，连他用的杯子、餐具，也都是用金子打造的……

所以马林切根本不相信那个神乎其神的传说——难怪蒙特祖马注定是至高无上的国王，就看他周围的光环多么耀眼吧。常人身躯的周围，谁能有这样的光环？哪会有人细想：他周身的光环，其实是他穿戴的金子发出的光泽？

蒙特祖马不愁金子的来源。被他消灭的那些部族，哪个不是他的金库！

西班牙人的餐具漂亮是漂亮，用起来却很不得心应手。马林切手里的刀叉，不是把盘子里的食物捅出盘子，弄脏了桌布，就是把盘子、叉子、刀子磕碰得丁当乱响。

下人们用的桌布虽不能和上面主人用的绣花桌布相比，可这样细腻的布料铺在桌上，任汤水和菜肴随意在上面滴洒，是不是太过奢靡？

起始，马林切根本听不到自己制造出的这些动静，等她看到一旁的下人、士兵，吃起饭来也无声无息的像是耗子，这才发现自己的动静不合时宜，但也不觉得这样丁当乱响有什么不好。

再看看人家就餐的桌面上，就像从未用过地那样整洁。

尤其不得心应手的是叉子，一不小心就掉下桌去，闹得她不止一次地钻到桌子底下寻找。当她用那把捡起来的叉子继续吃饭时，又总有人悄无声息地给她递过来一把干净的……

这比自己的餐具弄出的动静更让马林切无地自容。

这把干净的、悄无声息地放在面前的叉子，哪里只是干净和不干净的区分？

如果不是作为部族之王的女儿,哪怕是曾经的,面对那把悄无声息地放在自己面前的干净叉子,她也许不会如此强烈地感到无地自容……

等了若干天,西班牙人也没有把她的胸膛剖开,掏出她的心来祭祀天主。她这才发现,原来世界上还有与阿兹特克人十分不同的种族。从未走出墨西哥半步的马林切,这才知道人间原来如此缤纷。

很久以后,马林切才看到赫尔南·科尔特斯总督。

对他们二人来说,那应该说是历史性的会面,对马林切尤其如此。

赫尔南·科尔特斯瘦削的身体,包裹在紧身合体、厚重的黑色织锦缎上衣里。高高的立领边缘上,装饰着白色的皱褶花边,这使他的颈部更显细长,与当地下层那些似乎没有脖子的过渡、脑袋直接安在肩膀上的男人,形成了极大的反差。马林切并不懂得脖子的长短在身体美学上的意义,有关这方面的探讨,是以后那些世纪的时尚,可谁让她有一份无师自通的取舍?

白色亚麻内衣的袖子,袖口的白色花边,深浅有度地显露在上衣袖口之外。上衣下摆略散,收拢的腰部,将他挺拔的身材展露无遗。前襟上有一排贵重金属制成的扣子,扣子上模压着雕塑般的图形。肩上佩戴着彰显身份的绶带,斜挎长柄刺剑,外罩短款披风,马裤自膝下用丝带扎紧……

马林切将赫尔南·科尔特斯总督如此细细打量,并非出于对一个英俊潇洒、极富魅力的异性的兴趣,也非羡慕虚荣所致,而是对人可以这样穿着的惊奇。

马林切羡慕的当然不是此地罕见、价格不菲的绫罗绸缎。从小穿金戴银、贵为王者之女的马林切,不论从她当年的衣饰上取下哪一件,都比赫尔南·科尔特斯总督这套行头值钱。

再说有着较高教育背景的她,也从未把事物的外在价值放在眼里,并以此去衡量一事一物,或褒贬一事一物。她注重的是,那件事物的本质是否值得仰慕。

再联想到那正儿八经的就餐仪式,谁能说衣衫仅仅是用来遮体,而不是文明的不断修炼?

在一般人以虚荣、时尚切入的角度上,马林切发现的却是一个不能说不可攀附,但至少得花费不少力气、时光去攀附的"文明"上的距离。

这是西班牙人为她打开的、一个前所未闻的世界——在那个世界里,因为远离粗陋、混沌,从而没有了她的位置,从而遥不可及。

马林切一贯高高在上的精神世界,受到了严重的挫伤。她是如此地沮丧,如此地感到相形见绌。

…………

而当赫尔南·科尔特斯的目光扫过站在一旁的二十个女奴,并无意间落在马林切身上的时候,他那略显忧郁、黯然的目光,也在瞬间点亮。尽管一闪即逝,却不能不说到里面惊鸿一瞥的丝丝缕缕。

至于他目光里的忧郁,与太多的战争不无关系,这是后来他对她倾诉衷肠时说的。

他稍稍品味了一下这个鹤立鸡群的女人。

赫尔南·科尔特斯总督毕业于萨拉曼卡大学人类文化系。且不说多少名流执教于此,多少古本藏书一揽于校内图书馆,多少教会流派将此地视为必争之地,多少英才进出过那个大门,多少学子学有所成……仅萨拉曼卡的石头,便能调理出一个具有上等品位的胃口。

萨拉曼卡那些伟岸的建筑,差不多都由萨拉曼卡闻名于世的石头建造。

那些石头,开采之初呈蜜白色。不论从颜色或质地来说,都像女人的肌肤,想怎么揉搓就怎么揉搓,简直就是建筑雕塑家随心所欲的天堂。所以萨拉曼卡那些大型建筑上的雕饰,才能无与伦比地细腻。

赫尔南·科尔特斯最喜欢的是母校大门上方的雕饰,虽然有些失之繁复,但是巧夺天工。这样的雕饰遍布萨拉曼卡大学的每一个角落。萨拉曼卡大学,也由此成为西班牙建筑界的巅峰、骄傲。

但久而久之,太阳的照耀、风雨的吹打,蜜白色的石头里就慢慢掺进了太阳和风雨的颜色。

太阳有多少颜色,风雨有多少颜色,萨拉曼卡的石头里就能找到多少颜色。不过,最占上风的还是铁锈红……

试想,如果一座城市沉浸在色彩这般丰富,丰富到没人可以明白究竟是什么色彩在日日夜夜地相辉相映中,那么,从这种色彩中熏陶出来的人,又会是一个什么品位?

…………

赫尔南·科尔特斯初到墨西哥时曾惊讶地发现,怎么,染红萨拉曼卡石头的铁锈红,竟然也染红了此地女人的衣裙!恍惚中,竟以为自己梦回萨拉曼卡。

而石头的质地,久而久之也似乎汲取了太阳的精髓,越来越坚硬。即便用佩剑劈砍,也是只见火星迸发,却不见石头有损丝毫。

见多识广的赫尔南·科尔特斯,是不容易受到什么影响的。

可他的目光,竟在马林切身上停留了片刻。

不,不是马林切的美貌,美貌如花的女人赫尔南·科尔特斯见得多了。如果不细细品味,这个叫作马林切的女人会和一般女人一样,不过擦肩而过,就像他在宫廷聚会或熙熙攘攘人群中擦肩而过的那些女人……

可她自有一种韵味,这韵味对他来说,陌生而独特。有点儿像他初次品尝的当地饮料"遭克力",又苦又辣,然而印象强烈,让人上瘾。即便"遭克力"后来经过他的勾兑,适应了西班牙人的口味,但依然浓烈。

当然,那一瞥就那么过去了,一瞥而已。赫尔南·科尔特斯自己也没估计到,日后会深爱这个叫作马林切的女人。

深爱?

他从来不能肯定自己是否深爱这个女人。和女人玩玩,不是很难的一件事,但自从他们有了床笫之欢以后,花花公子了半辈子的赫尔南·科尔特斯,再不会像其他西班牙军人那样随便就和当地女人如何如何。不是为她守身如玉,而是自然地没了兴趣。这是后话。

日子本是无奇地过去,打理房间,服侍餐饮,洗涤衣物……尽管赫尔南·科尔特斯欣赏马林切,落在她身上的目光甚至是赞许的,可是没有欲念。

作为一个女人,马林切对这个界限十分清楚。

可是,他们的主仆关系,却因赫尔南·科尔特斯与当地人的一次谈判而改变。

正当谈判进入僵局时,偶然进来送茶的马林切,听到了有人在误会加误会地翻译彼此的条件、要求以及所能做出的让步……她知道,按照这样的翻译,可能又会引起一场战争。

她不由得放下茶具,对赫尔南·科尔特斯悄声说道:"不,不是这个意思,要是这样,双方只能流血了。而他们并不想流血,只是想在他们那块地盘上保持原有的生活……"

然后,马林切轻而易举地扫清了两种语言之间的障碍,使得原本也许会血战一场的双方心平气和,各退一步。

阿兹特克人全面崩溃后,各个部族渐渐进入长时间的休战状态。作为总督,赫尔南·科尔特斯像世上许多首脑一样,更向往的是为自己的子民创造一个安居乐业的环境。

马林切的西班牙语如此流利,让赫尔南·科尔特斯十分意外,问她在哪儿学的,她说:"就在总督府啊。"

"谁教你的?"

"没人,就是听、看、说。和那些下人一起干活儿的时候,不管对不对,总是说、说、说,然后就会了。"

"为什么要学西班牙语呢?"

"没什么目的,只是不喜欢无所事事。如果有机会不无所事事,不是正中下怀吗?"

着实让赫尔南·科尔特斯不得不另眼看待。在他的情爱记录里,美貌的女人很多,美貌而有头脑的女人却凤毛麟角,如果还能成为工作上的伙伴,就更为难得。他甚至不愿相信,世界上竟有这样堪称完美的事情。

尔后,在与当地人的谈判中,马林切自然而然成为赫尔南·科尔特斯最为器重、信任的首席翻译。

自马林切担任翻译这一职务后,以往许多难以调解的矛盾,眼见着日渐平复……

作为第一任总督,赫尔南·科尔特斯执政初期,必然困难重重,所谓万事开头难。而熟悉当地情况的马林切,为他顺利执政提供了许多无法估量的帮助。

驻扎当地的西班牙军队人数并不多,随时都有不甘失败的阿兹特克王族准备袭击他们,尽管不能改变西班牙占领墨西哥的既成事实,至少可以让他们不得安宁。

马林切的便利在于出入自由。她进出各种场合、茶楼酒肆,不论有意无意,总可以听到各种信息。那个时代,当地人,包括西班牙军人,并没有多少有关情报的保密意识,军事情报外泄是常有之事。那些袭击西班牙军队的谋划,不时流入马林切的耳朵,她总是及时地提醒赫尔南·科尔特斯,不但多次避免了战争,也避免了双方的流血牺牲。说到底,那些策划袭击的人,在战斗中是不会失去什么,也不会有什么危险的,牺牲卖命的还不是平民士兵?他们的长矛、响箭,哪里是西班牙枪炮的对手!

赫尔南·科尔特斯是越来越依赖她了,也至死未曾忘记她的功劳。

只能是"功劳"!他认为"帮助"这样的词儿,根本不足以说明她的贡献,尤其在新西班牙建立初期,在治理、平息当时的动荡局面中,除了天主,他的玛琳娜绝对功不可没。

甚至冒着被弹劾的危险,他不止一次上书西班牙宫廷,在那些"等因奉此"力求简洁的公文中,提上一笔玛琳娜在平定动荡局势上的贡献。而这对任何一个爱好权位、权势的男人来说,几乎是将自己的前程押了上去。

也许赫尔南·科尔特斯不甚明白自己是否深爱玛琳娜,也不甚清楚自玛琳娜以后自己不再和其他女人寻欢作乐的缘由,其实,那是因为他和玛琳娜之间不仅仅是情爱,更是配合默契、相依相助的事业伴侣,也许这才是他们的恩爱经久不衰的根本原因。

所谓事业,也是掰扯不清的。是西班牙人的事业,还是在这片土地上生生息息的百姓的事业?

而"治理、平息动荡的局面",仅仅是西班牙人的需要,而不是当地百姓的需要?

……

因为掰扯不清,玛琳娜的"汉奸"生涯,只好又添一笔。

三

渐渐地,在夜晚,赫尔南·科尔特斯听到了歌声,时断时续地在总督府里回荡。也许以前就有,可他从来不曾留意。

现在他更愿意想,那是玛琳娜的歌声——说忧郁不是忧郁,说倾诉不是倾诉,说欢乐不是欢乐,说抒情不是抒情……而是魔咒。在阔大的总督府,引起的不是共鸣,而是一种可以蚀骨销魂的融化——谁又能担保这不是赫尔南·科尔特斯的自作多情?

夜色渐深,歌声似乎也慢慢消融在黑夜之中,并随黑夜的流转飘向高原,最后翻山越岭,消隐在马德雷山脉的山坳。

不论玛琳娜在唱什么,赫尔南·科尔特斯总觉得那歌声是为着他的。他静静地躺在床上,而那歌声也像是陪着他一起躺在了床上,却不是性爱。在他,那是少有的灵魂之爱。

关于赫尔南·科尔特斯总督的传闻不少,玛琳娜还没被进贡总督府之前,就听到过很多。

自幼跟随父亲征战不已的她,对男人的看法颇为独到。

有人不屑、不甘地说,赫尔南·科尔特斯之所以胜利,是借助了战马和枪炮的神威。

如果说是战马和枪炮的神威,那么在他之前,西班牙也曾有两支远征军来到此地,比起赫尔南·科尔特斯,他们拥有更多的战马和枪炮,不是皆以失败告终?赫尔南·科尔特斯只有为数不多的战马和枪炮,且没有足够的杀伤力,远远不能对付阿兹特克的几十万兵力。

面对拥有五百万人口、几十万兵力的阿兹特克帝国,赫尔南·科尔特斯的一些士兵难免因敌我力量的悬殊而胆怯。可是赫尔南·科尔特斯在发起进攻前,竟破釜沉舟地烧毁了他们来时的船只——不是背着士兵偷偷摸摸地烧毁,而是让他们列队岸上,观看他如何毅然决然地举着火把,手不颤、心不乱地将那些船只一一点燃。

那一刻,整个海岸鸦雀无声,只听得火星迸发的哔剥声和火焰呼呼的舞动声。士兵们一动也不敢动地站在岸上,强压下满腔的仇恨、绝望、不甘,眼瞅着求生的后路在自己眼前一一断绝。

寂静中似乎有拉枪栓的声音。在这死亡的预演中,那相当微弱的声音分外让人惊心。它越过黑夜,畏缩、艰难地传向海边,传向赫尔南·科尔特斯。他一直举着火把,目不转睛地盯着大火中的船只,谁也拿不准他在想些什么,像他这样狠毒的人,很可能在欣赏自己的杰作。

赫尔南·科尔特斯向枪栓响动处转过了脸——那张真是招人恨的脸——然后朝那响动走去。想不到,如他这样狠毒的人,并没有发出肃杀的恶声,更没有收缴士兵的枪械,只是与列队的士兵脸贴脸地一一看将过去,然后决绝地告诉士兵们:"现在已经没有退路,只有战胜阿兹特克人,才能避免被杀的危险。即便我不在了,这个局面、情势也不会有所改变……"说罢,他那张让人痛恨的脸上,还挤出了灭绝人性的一笑。

又探知当地散兵游勇的印第安各小部族与阿兹特克人祖祖辈辈的仇恨和战争,他又以非凡的外交才能联合了那些部族共同作战……

最后才能以数百人的兵力,对垒拥有几十万兵力的阿兹特克人,并取得胜利。应该说,那真是他导演的、一场杰出的军事戏剧。

赫尔南·科尔特斯的胜利,其实是勇气、决心和才能的胜利。

总是忙得不可开交的赫尔南·科尔特斯,从此有了休闲的时间,常常约了玛琳娜出去散步。他们出总督府,时而沿曾经的特诺奇蒂特兰城的这一条大堤,时而又沿那一条大堤行去。

首都那三条呈放射状的大堤上,留下了他们多少欲说还休的心思?

波波卡特佩特尔火山遥遥在望。山顶的积雪,慢条斯理地调和着火山不可一世的强霸、随心所欲,竟调出几分朦胧、顺眉顺眼的低垂。

堤坝四周是特斯科科湖。湖水时蓝时绿,而何时为蓝何时为绿,全凭湖水的心情。特别是湖中往来于各岛间的小船,点点白帆,又为时蓝时绿的湖水增添多少情趣。浮动在小岛四周的筏子上,栽满四季花草。筏子上的花草倒是循规蹈矩,花草在湖水中的倒影,却发了疯地泛滥开去。而当那些筏子随波逐浪之时,哪里是花草在随之荡漾,那是他们的心随潮动。

没有多少对话,更没有情话,只是默默地行走。好像那山、那湖、那帆、那荡漾的花草,已经替他们说出了彼此的爱慕。

晚风习习,吹动着玛琳娜的长发。那乌黑的长发在风的撩拨中飘飘冉冉,舞出多少情致。

和西班牙上层社会的女人不同,她们总是把头发梳理成各式各样的发卷,高高地束在头顶或脑后,除非她们的男人,没有人看到过她们头发披散下来的样子。

而这里的女人不同。她们总在飘动的长发,对男人来说,简直就是撩拨。

有时,玛琳娜的一缕头发会随风横扫过赫尔南·科尔特斯的脸颊,他便嗅到一种植物的清香。那是一种叫作 Muna 的植物,据说可以祛除晦运,也可以放在粮仓中防止粮食变质,更可以涂抹在尸体上以防腐烂……当地人有时也用于每天早上的洗浴。但,某时某刻,它会不会还有另一种用途?……想到这里,赫尔南·科尔特斯不禁浅浅一笑。

玛琳娜问:"有什么值得高兴的事吗?"

"也许,希望是。"

"能告诉我吗?"

"会的。"

直到很久之后,直到天鹅绒衣裙下的衬裙和衬裙上左缠右绕的丝带,成就了赫尔南·科尔特斯的那一天。

当他在床的四周撒满鲜花,又点燃蜡烛,而后他们躺在薰香氤氲之中的时候,玛琳娜才知道,那是什么。

不知是赫尔南·科尔特斯的改建抑或原本如此,竟有小溪从床下流过,潺潺的水声,精灵般地跳跃着、颤动着,竟比汹涌的江河更让玛琳娜饥渴的心感到湿润。

作为曾经的部族公主,她饥渴什么呢?既不是温饱,也不是至上地位带给她的荣耀。她饥渴的正是这些与一个生命的生存似乎毫无关联的鸡毛蒜皮。

于是床栏四周的烛光也开始有节奏地跳跃,不知是为小溪伴奏,还是小溪为烛光伴奏,随行随止,自由自在,毫无拍节。

在流水潺潺的伴奏下,原始不过、大汗淋漓、气喘吁吁、肉与肉的拼搏,变成了一曲诗意的、回味无穷的歌。玛琳娜的心渐渐被这歌声胀满,而后缓缓撕裂开来,随即一种温柔的疼痛拉扯着她坠入销魂。

尽管赫尔南·科尔特斯相当熟悉南西班牙的炙热,然而这里的阳光不但炙热,还多了肆无忌惮的疯狂。玛琳娜的肌肤里当然融进了这种疯狂,加之混杂着 Muna 的特殊气味……似乎形成一个气场,一旦浸入这个气场,不论人或物,只好发酵,转而生为意想不到、面目皆非、难以自控的另一种物质。赫尔南·科尔特斯先是头晕目眩,继而是由内而外的无限膨胀。

此时,颤动的小溪,突然沉思了一会儿。就在它沉思的当儿……赫尔南·科尔特斯轰然一声,化为一团耀眼的火球,随之爆炸为碎片,散落在他无法掌控的幽冥之中。

小溪因何沉思?是在倾听他们被热情燃烧得面目不清的情话?抑或羡慕并妄图共享他们的极乐世界?……只不过一小会儿,之后它又顽皮地跳跃而去了。

如果不是亲历亲见令赫尔南·科尔特斯险些丧命的那桩险情,玛琳娜对赫尔南·科尔特斯的了解,恐怕也和许许多多的人一样,只停留在表面。

不知当初那只鹰为何要在这里栖息,栖息在这片湖水中的岛子上?阿兹特克人只好按照神灵的旨意,在嘴里叼着蛇的那只鹰的栖息地,后称特诺奇蒂特兰的地方定居,并建立自己的首都和国家。

一个建立在水中的城市,美则美矣,可也就免不了水的伤害。就像她和赫尔南·科尔特斯的爱情,销魂是销魂,正因了这销魂,便倾其所有,她的离去自然也就成了某种意义上的倾家荡产。

即便特诺奇蒂特兰如今已更名为墨西哥城,它的风水却不能改变。好比自己,母亲在世时,非要她按照巫师的指示割去后颈上的一颗黑痣,但她的命运仍然多姿多彩得非一般人所能消受。何谓命定?此之谓也。

水灾于是成了这个城市的常客。而一五二九年的水灾,尤其浩大。

那才叫暗无天日。乌云从天边铺挂下来,用它的手掌推搡、揉搓着湖水,于是那湖水就和乌云混在了一起,不分你我。天上的乌云有多宽、多大,湖里的浪就有多宽、多大。

风情万种的特斯科科湖,霎时就变得凶神恶煞,翻脸不认人地幻化为一口巨大无边、非常世俗的沸腾的大锅。而城东那条平时看起来颇具威慑力的大堤,一旦到了动真格的时候,根本不是特斯科科湖的对手。

闪电,像神灵的长剑,愤怒无比地直插湖中,一会儿指向那里,一会儿指向这里,不知要拿谁问斩,似乎谁都是他的目标,这就更加可怖。

成千上万的人失去了生命,失去了家园。

新西班牙总督赫尔南·科尔特斯一下子便消失在风雨雷鸣闪电交加的黑暗中。他所乘的那只小船,原是为着特斯科科湖的歌舞升平、风花雪月而锦上添花,哪里对付得了这样的变故、动乱?

玛琳娜看着一眼望不尽的黑暗,心中不仅是牵挂,还多了一份自开天辟地以来女人就有的通病,说是死穴也无不可——对"男子汉"五体投地的盲从。

在天、地、水、风、雷、电一样不落,宇宙间之所有"强强联手"的这个夜晚,赫尔南·科尔特斯为抢救一名当地人落入湖中并不意外。而他自己也可能早有准备,不然离开总督府时为什么毅然决然,看也不看玛琳娜便调头而去?玛琳娜那重得无法称量的目光,没人应接,只得咚地掉在地上,在地上砸出两个再大也难以盛下她那心事的大坑。

坠入湖中的一刹那,赫尔南·科尔特斯并未想到生还的可能。反正谁都要回到天主那里,早一天晚一天又有多大差别?

想必也没有多少人会为之伤怀。多数人把他当作恶魔,对他的死,说不定许多人还会称心如意。

可赫尔南·科尔特斯并不想为自己辩白什么,从不。

他甚至从未辩白第一任妻子的亡故是他毒死的诬陷,哪怕他为此差点儿上了断头台。

人们各有各的地界,许多时候,这些地界不但互不搭界,甚至不能也不愿被人了解。就像一位指挥若定的将军,根本不在意一干外行人对自己的战略部署说三道四,更不会为迎合、讨好那一干人,将自己的战略部署昭告天下似的一一解释。所以赫尔南·科尔特斯并不觉得在这远离故土的地方,一定就比在故土更为孤独。

可他也未必如人们想象的那样孤家寡人。在他沉入湖底那一刻,他听到了玛琳娜的歌声。

她的歌声,既不是为着男人的,也不是为着女人的,那是为了一种境界、一种品质的歌声。也只有这样的歌声,才载得起他的灵魂。

然而灵魂又是什么呢?

除了天主,还有玛琳娜的歌声陪着他上路,他这不是乘着她的歌声,一路好走,无比轻盈地飞向一座沉寂的高山吗?那高山既不是波波卡特佩特尔火山,也不是环绕墨西哥的马德雷山脉,可也不是故乡的比利牛斯山脉,更不是一个人的心山。那是什么山呢?……

这样的行程,真合自己的口味。

不论在哪里,高山就是高山,绝对不是水洼。难道他在意水洼上那点闪烁的光亮,并为赢得那点光亮装疯卖傻吗?

而高山,除了让人几辈子,甚至永生永世也猜想不透的沉默,还有什么?然而它试图解释过自己吗?

最后的赫尔南·科尔特斯,既没有为自己或占有或掠夺或宫廷赏赐的过分财富而惭愧,最糟糕的是他也没有为自己的恶名而不安、羞愧、愤怒,或对这个世界心生歹意。

没有经历资产阶级革命自由、平等、博爱的熏陶,更不知日后还有个天下为公的共产主义,从而面对金银财宝无法洁身自好的赫尔南·科尔特斯,就这样理所当然、不以为然地上路了。

…………

没想到,最后被一处参差不齐的石缝挂住。

石缝只是偶然——偶然地挽留了他的生命。死里逃生的赫尔南·科尔特斯,对这意外的恩赐并没有什么特别的感激之情。

谁能让一把火烧了二十几条船,断了自己和数百名士兵后路的这种人,对生命的挽留有多少感恩、多大喜悦?

又怎能要求他像打磨、揩拭宫廷里那些精美的瓷器那样,打磨、揩拭自己的生命?

可如果没有这个参差不齐的石缝呢?

这是玛琳娜的思路。

回到总督府后,浑身湿透的赫尔南·科尔特斯顿失往日风采,喷嚏连连,面色铁青,却不是因为水浸时间过长所致。披风、头冠以及头冠上的翎羽,还有身上的佩剑,早已不知去向。头发散乱,狼狈异常,整个儿人像是矮了一截儿。本就可身的衣服,此时更像蛇皮样地紧贴身上,从衣服渗出的水,只消一会儿,就把地毯浸湿一片。也不急于换套干燥的衣服,整理一下自己的形象,而是立马察看总督府内的储藏室,而后声严色厉地吩咐管家:总督府的食品消耗尽可能缩减,其余食品,立即送至受灾人家。

这一吼,反倒比平日多出许多货真价实的威风。但总督府内外的人,从此倒不怕他了。

总督府储备的土豆、玉米也不算多,但还能抽出一些,帮助若干人家熬过一些饥饿的日子。一户当地人,事后还给他送来一些用仙人掌嫩茎烙的薄饼,以示感谢。

此后他的眼睛里也有了笑意,虽然不多,但笑意就是笑意。

至于命令军人到各个商家征集食物,以救济受灾人家,更是不在话下。那些不愿将食物贡献出来的商家,自然受到他的严惩,于是他恶名再起,不再有人给他送仙人掌嫩茎烙的薄饼,也不再有人记得他为拯救当地人险些送命。

平民则说,这个首都没少发生水灾,我们记得很清楚,阿兹特克人的时候,从没有过这样的安排,也从没有人帮助我们挨过难关。

玛琳娜说:"这不奇怪,人们当然是根据自己的利益、得失来评判一个人的好坏善恶。所以人们说坏的那个人,未必真那么坏;人们说好的那个人,也未必真那么好。"

不幸的是,玛琳娜总结的这个道理,古今中外,至今通用。

墨西哥城,又像经常举行人祭时那样臭不可闻了。多彩的湖水,被腐烂的尸体毒害,黑且臭,很多人都病倒了。

赫尔南·科尔特斯从没有为受苦受难的人洒过一滴同情的泪,也没有说过什么安慰的话,只是沉默不语地乘着小船,沿着或东西或南北的条条水道,在全城各区穿行,了解那里的问题。

不管多么棘手,协同教会,吁请宫廷,一一解决,甚至让玛琳娜请来他最信不过的巫师,给人们治病。

随处可以看见他的身影,还有他那副拒人千里、决不讨人欢喜的面孔。反过来说,赫尔南·科尔特斯也不想猜测,那一张张迎合的笑脸后面藏着何等的复杂,他更不曾爱过其中任何一张。他所做的一切,不过尽职尽责而已。

然而在那些巫师离去后,他却抽出佩剑,对着路边的草丛一通儿乱砍。那时,谁也不敢劝阻他,连玛琳娜也不敢。如果谁不识好歹上去劝阻,说不定他就给谁一剑。

…………

人类文化系毕业的赫尔南·科尔特斯,也许并非全如一些史家评判的那样残酷、贪婪、嗜血。倒不是他的人格有什么伟大之处,而是崇尚人文主义的萨拉曼卡大学,对一批又一批青年学子的影响不可轻估。

萨拉曼卡大学丝毫不逊色于一四四〇年建立的英国伊顿公学。独立、个性、友爱、忠诚、尊严、勇敢、传统、绅士、幽默、优越等品质,同样是萨拉曼卡大学不成文的校训。赫尔南·科尔特斯不但以这样的校训为荣,且基本上遵守了母校的校训。

所以他才会那样说:"其实是阿兹特克人自己消灭了自己,而不是西班牙人,更不是我。一个落后的社会,必然被相对来说比较超前的社会淘汰。或许可以这样说,西班牙人在墨西哥的胜利,是宗教、道德、正义的胜利,文明的胜利。"

…………

出走后的玛琳娜当然不知道,另类天主教徒赫尔南·科尔特斯,晚年却对自己说过的"西班牙人在墨西哥的胜利,是宗教、道德、正义的胜利"这句话感到了不安、怀疑,以至临终前发出了那个惊世骇俗却很少为人所知的诘问:"我开始怀疑,西班牙人占领墨西哥的行为,是否承担得起道义上的诘问……我是看不到答案了,也许我的儿子可以看到。"

不论从占有、掠夺当地财富,还是从宫廷过分赏赐的财富来说,赫尔南·科尔特斯临终前都应花费大把精力,对这些财富进行再分配,可是他却把最后的精力放在了没人愿意倾听的"大忏悔"上。至少西班牙宫廷可能会后悔对他的奖掖,而当地人则认为,他这些话,属于临终前神志不清的谵语。

如果赫尔南·科尔特斯仅为一介武夫,而没有萨拉曼卡大学人类文化系这个背景的话,晚年还会提出这种不着调的疑问吗?

不过他仍然坚持"是阿兹特克人自己消灭了自己,而不是西班牙人,更不是我"之说。此时此刻的坚持,真有点儿像是"为真理而斗争"了。

至于"一个落后的社会,必然被相对来说比较超前的社会淘汰"的说法,不但当时许多人不理解,即便几百年后,也没有多少人赞同,时不时有人发出批判、指责:不老老实实当你的武夫,竟然对有关人类社会进程的理论说三道四,是装疯卖傻、不懂装懂,还是先知先觉?更被不少人视作为帝国主义侵略辩护的反动言论。

这回是真的了,他清清楚楚地知道,他真的要走了,而不是在那场生死攸关的水灾中与特斯科科湖的一番调弄。那时,他绝对不会做这样的反思。他的精神、心灵、思想,也不会在历史、文化、文明的左右中遭受这样的拷问和折磨。

赫尔南·科尔特斯最后不得不带着这个没有答案的疑问,背着贪婪、残酷、傲慢、狡诈、暴戾的恶名,离开了人世。

更不会有人知道,弥留之际,他最为思念却又无颜以对的,是那个不曾娶之为妻的玛琳娜。

不过也有"历史"说,玛琳娜最后被赫尔南·科尔特斯和他的第二任妻子,卖给了当地一个西班牙下层军官。

如果作为小说,不失为一个颇具冲击力的结尾。

⋯⋯⋯⋯⋯

但愿赫尔南·科尔特斯的在天之灵能听到当地人对他的那个最后评价:在西班牙征服者中,他是最为正直的人。

当地人为什么给他这样一个评价?

或许,比起那些整日逼着奴隶,冒着被鲨鱼吃掉或淹死的危险在水下采珍珠的殖民者,比起那些给他们戴上镣铐,让他们干活干到直至累死在工厂泥地上的殖民者,比起那些把他们赶进随时可能冒顶爆炸的矿井,甚至毫无理由便将他们杀死的殖民者⋯⋯只致力于搜刮当地财富,并不危及他们生命的赫尔南·科尔特斯,真可以说是最为正直的人。

即便在任意买卖奴隶,并以这种无偿劳力大赚其钱的黄金时代,赫尔南·科尔特斯也从未染指这个营生。作为新西班牙总督,对王室禁止买卖奴隶的谕旨也是认真贯彻执行的,但直到他去世,买卖奴隶的状况也未得到彻底禁止,那些殖民者,哪个肯放弃这无本万利的买卖?

当然,不论从哪方面来说,搜刮人家的黄金碧玉,也是以不义之举,得不义之财。

四

除了赫尔南·科尔特斯,总督府内没人会过问玛琳娜的行为,出出进进,来去自由,就像她是赫尔南·科尔特斯明媒正娶的夫人。按理说,如果她不计较名分,就此生活下去,也是很好的日子。

但她的离去,跟名分实在无关。在她那个部族里,婚姻的形式并不十分严格,尤其在下层百姓中,合则来不合则去。名分算什么!即便赫尔南·科尔特斯再制作一个婚姻,玛琳娜还可以是他的情人,终生不渝的情人。

也许从此以后,玛琳娜再不能和哪个男人有情爱,但她无怨无悔。

更不是嫉妒。在他们部族里,也很少上演男女间历久不衰的嫉妒——相爱就在一起,热烈而不顾所以;不爱就抽身离去,不论哪一方都不会感到有所羁绊……

赫尔南·科尔特斯也从没说过她已过时,不但没有说过,连暗示都没有过。但是玛琳娜知道,自己到了应该离开的时刻。

其实决心早就下了,不过一直在等候一个恰当的时机。眼下,赫尔南·科尔特斯回西班牙述职,短时间是不会回来的。

哪怕从路程来说,从塞维利亚港出海的航船,每年只有两班,下一班至少要等到秋天出发的"加雷翁"船队。

玛琳娜只能不辞而别。这样最好,省去了道别。

她离去的理由,说简单也简单,说复杂也复杂。

他们多年的爱情使玛琳娜深刻体会到,这爱情无法结果,不是彼此不够相爱,而是"文明"不允许,或是"文明"的差距不允许。

玛琳娜有多么崇敬西班牙的文明,就有多么藐视西班牙殖民者的不文明。

她对西班牙文明又艳羡又怀疑,不能不影响到她对赫尔南·科尔特斯的感情——爱起来,爱得疯狂;冷峻起来,又拒人千里。这忽冷忽热,让赫尔南·科尔特斯摸不着头脑,进也不是,退也不是。

但赫尔南·科尔特斯却把这误会为许多女人喜欢玩的爱情游戏。哪怕到了八十岁,人们也会乐此不疲,而这游戏又因了玛琳娜而独特。

赫尔南·科尔特斯错了,他错把玛琳娜当作一般女人来低估了。哪里是什么爱情游戏?那是他们之间,对自己的"方位"不可改变的固守。

即便没有婚姻这个题目,玛琳娜还是玛琳娜,赫尔南·科尔特斯还是赫尔南·科尔特斯,永远也不能捏在一起。

如同西班牙和墨西哥这两块土块。谁能把这两块土地捏在一起?

谁也不能。

赫尔南·科尔特斯说过,不论玛琳娜的肉体还是精神上的细节,都让他迷醉不已,只有她那份冷静、果决,隔在他们中间,让他觉得始终没有得到过她。

玛琳娜出走之后,赫尔南·科尔特斯终于明白,在他和玛琳娜这一对"强强对垒"中,他从未征服过她,她的出走更证明了他的失败,她可不是貌似强大的阿兹特克人的蒙特祖马,她的力量来自源远流长的内力。

…………

他们并不知道,也就是几百年之后,"婚姻"和"固守",是可以区别对待的。尽管地盘还是自己的地盘,婚姻也好,文化也好,已具有了"世界大同"的特质。地球北边的人和地球南边的人通婚,已然没有障碍,更还有英语成为沟通的桥梁……

当然,玛琳娜的离去,也是为了让赫尔南·科尔特斯能拥有一个可以融入他生活的女人。如此这般,会使作为西班牙人的赫尔南·科尔特斯尔后的日子更为简单。

那个能融入他生活的女人,当然不是她。今生今世,她是无法肩负起这样的重任了——这不是她或赫尔南·科尔特斯愿意或不愿意。

这次,赫尔南·科尔特斯连他们的儿子马克,也一并带回了西班牙。

这意味着什么?意味着早晚,赫尔南·科尔特斯也会回到故乡西班牙,那里才是他的根。不论他多么喜爱墨西哥,就像不论她多么倾慕西班牙的文化、文明,但最终选择的还是离去。所以说,他是带着儿子回去认祖归宗了。

还意味着,赫尔南·科尔特斯此番回去,要制作一个婚姻。

说到儿子,玛琳娜知道,多少西班牙男人因耐不住寂寞,与当地女人寻欢作乐,寻欢作乐时他们从未考虑过她们的种族、肤色,但对寻欢作乐后得到的混血孩子,却不愿承担责任。

身为总督的赫尔南·科尔特斯不同,绝对承担得起男人应该担当的责任,从没有对他们的儿子马克藏藏掖掖。马克刚会走路,就带着他出席墨西哥城上层社会的社交活动。

马克很喜欢斗牛。第一次带马克去看斗牛,生怕他看不见,还特意把他举在肩上,逢人便说:"这是我的儿子马克。"

只是他们的婚姻……实在比承认一个混血的儿子复杂得太多。

赫尔南·科尔特斯没有对玛琳娜说过,为什么回西班牙述职还要带着他们的儿子马克,那是他对玛琳娜一片不曾也不必表白的赤诚。

他的心思只有他自己知道。在制作一个新的婚姻上,他觉得马克同样有一份参与的权利,尽管马克只有六岁;又好像他们的马克可以代表玛琳娜,去审视那个新的婚姻。

自从第一个妻子故去后,赫尔南·科尔特斯有权再给自己物色一个妻子,有多少次,他都下决心要娶玛琳娜为妻。可每每事到临头,却又阻止了自己,娶玛琳娜为妻的想法,也就从未付诸实现。

这也是他迟迟不能再婚的原因。如若另娶一个女人,不是不能,同样也是不能说服自己。在和玛琳娜的情爱之后,他还能和哪个女人行床第之欢?且不说感情,仅从心理或生理上的感觉而言。

而他迟早要回到西班牙,不论他多么喜爱这片土地,喜欢这种异域风情,到了,还是不能扎根于此。异域风情自然有它的吸引力,可是距离他生于彼、长于彼,将来也许还要死于彼的故土,是如此的遥远。

时不时地,他也抑制不住对宫廷、对上流社会生活的渴望。他知道这是虚荣,可世间有多少人全然不慕虚荣?再说,不论他的职业或是生活,与上流社会又如此地密不可分。

如果带玛琳娜出入宫廷、上流社会,那么宫廷也好,上流社会也罢,能接受这样一个女人吗?玛琳娜又能长久地生活在那样一个排斥她的环境里吗?在那个环境中,她只能孑然孤立于某个墙角。墙角!

性格刚烈的玛琳娜,长年累月生活在那种排斥里,不变成疯子才怪。

直到如今,宫廷里还有不少人不承认今日的墨西哥也就是新西班牙,与多年前相比已然有了巨大变化,至今还把墨西哥人视为"非人类",认为所有的墨西哥人,还在坚持"反自然式"的性方式……也许他们认为他和玛琳娜之间根本没有爱情,而是这种罪恶、肮脏的性方式把他们连在了一起。

的确,有些西班牙人接受了同性恋、兽交、异性肛门交等等邪恶的性方式,但无一不被他严惩,绞死而后焚尸,以防这些现象在欧洲蔓延。然而他不是,玛琳娜更不是。

说到底,这还是一种文明对另一种尚不够发达的文明的歧视。

而这个沟壑之深、之阔,无人可以估量,何时得以填平?也只能留待岁月。他知道,反正在他有生之年是看不到那一天了,他只能向这个文明的差距投降。从不痛苦的赫尔南·科尔特斯感到了前所未有的痛苦——不,不是失爱的痛苦,而是不得不屈从的痛苦。

那是一个男人的痛苦。

玛琳娜曾多次问他:"为什么你的眼睛里有那许多忧郁?"

"……因为厌倦。"

"厌倦什么?"

"不好解释……也许是一个西班牙人特有的厌倦。"

"我不认为'厌倦'有什么不同。"

"当然不同。"

如何不同?赫尔南·科尔特斯不愿多说。作为一个男人,面对如此庞大无边的问题,如果没有能力解决,顶好独自担待,包括它带来的痛苦和无望。

无望!

也许,一介军人赫尔南·科尔特斯最后终于明白,自己并非所向披靡,他可以征服这样一片广袤的土地,却无法征服文明之间的距离。他对玛琳娜的爱,最后也只能化作落在这片广袤土地上的一声叹息。

有人说,爱情是灵感、激情和错误共同作用的结果。用来说明他和玛琳娜缠绕多年的爱情,也许最为贴切。

可这是多么让人心碎的灵感、激情和错误的混合!

玛琳娜当然是放下了,没有一丝犹豫,毫不优柔寡断。

一般来说,一位本是人上人的公主,一旦流落凡尘,可能比常人更能领略人世的苍凉,从此陷入沉沦。

但这只是因人而异。对玛琳娜来说,大起大落的沧桑,反倒练就了她的淡定,所谓的宠辱不惊。身为王者的父亲早已生死不明,她也历经了继母的虐待,甚至被卖为奴,最后作为与金子、碧玉等同的贡品,送给了西班牙人。可她血管里流动着的贵族血脉,并没有因这些卑贱的地位、身份而消亡。

正在变回马林切的玛琳娜,从镜子前转过身来,坐在那张美人榻上,心绪不宁地摩挲着准备带走的那套衣裙,想:除非离开人世的那一天,这套衣裙从此不会和她分离——可是,其实,她又能带走什么?

想来想去,她最放不下的也许不是赫尔南·科尔特斯,而是这套衣裙后面的品位。回首往事,在她和赫尔南·科尔特斯的爱情中,可以说是"文明",首先俘获了她的心。

这个世界上,真正热爱文明、向往文明的人有多少?而她偏偏中了这个邪。中了邪的她,和别的女人太不一样,至高无上的地位、财富、情爱,未必就是人生最大的梦想。

在她看来,文明是一种选择,终生的选择,就像选择终生爱一个人,哪怕他老了、残了,也在所不辞。所以说,选择"终生",只能是少数人的事。尤其在面对流行的强势时,这选择更升华为一种信仰。

她固执地认为,自己赖以生存的这片土地,有历史,却缺少更为先进的文明,而文明是提高人们素质的基础。

这固执,也许出于她受了太多的教育,也许出于她的无知,也许出于她对西班牙文化、文明的迷信……但与数典忘祖无关。她的离去,也许足以说明,她从未忘记自己的祖宗。

一度变作玛琳娜的马林切,经常想起那个石柱——那个玛雅人留下的隐蔽在大山深处的石柱。无论她多么爱赫尔南·科尔特斯,却永远没有对他说过石柱的故事。

迄今为止,那石柱只是她个人的秘密,或是她为古玛雅人坚守着的一个秘密。

很小的时候,父亲就对她说,石柱上藏着古玛雅人的一个公式,一个可以推算出世界末日的公式。

她就伴随着这个证据并不确凿的说法成长,及至年长,便懂得问父亲:"您能肯定,石柱上面真的有一个公式吗?"

父亲回答说:"我只是根据祖先的肯定而肯定。"

"谁是我们的祖先呢?"

"古玛雅人。"

"我们不是瓦斯特克人吗?"

"不,我们是古玛雅人的后代。"

"人们不是说,某年某月的某一天,古玛雅人突然就消失得无影无踪,没有留下一个人吗,那么又是哪里来的后代?"

对此,父亲也语焉不详。

而后她就离开了父亲,再也没有可能问个详细。不过父亲知道的,也就是这些了。

难道她对不曾相见过的古玛雅人,竟比她深爱的赫尔南·科尔特斯还亲?

说不清,实在说不清。

她不知该如何认定自己。

确定自己的宗族是容易的,确认自己灵魂的归属却不容易。

多年过去,她也终于明白,距这片土地时日遥远的西班牙文明,无论多么让人艳羡,也只能是情人,而她的根之所在——也许是她那个部族,也许是古玛雅,却是她生儿育女、传宗接代的婚姻。

在她来说,二者之间的确难以取舍。

但不管她愿意还是不愿意,血缘总归是最后的决胜者。她只好忍痛舍去情人,一步一回头地随着血缘而去。

已然变回马林切的她这就走了,头也不回地走了。不是她狠,而是回头更让人伤怀,不如不回。很多时候,当断就得断,牵牵扯扯,只能折腾出更多的悲剧。尽管自己也是女人,但她并未陷于妇人之仁。

迈过总督府的门槛时,马林切想:在经历这些之后,人们对自己究竟了解了多少?她的嘴角浮起一丝浅笑。

跋山涉水,翻山越岭,紧走慢走。马林切走过长长的路,越过大大小小的桥,穿过面貌已非的城镇……真的,有些地方她都认不出了。

早年,赫尔南·科尔特斯在那里登陆的韦拉克鲁斯,已由山崖险峻的荒凉海湾变成楼房耸立的城市,船只往来穿梭,一个好不热闹的港口……墨西哥只用了几年时间,就走完了赫尔南·科尔特斯的故乡曾经几百年走过的路。

马林切又在不该想地想:这笔一跃百年的账,应该算在谁的头上?对墨西哥来说,这是倒退还是前进?好还是不好?——说了归齐,还是"汉奸"的思路。

途经故乡,却未寻见父亲和继母的踪影,也许他们已经不在人世？

她的脚也不再适应这样的奔走,生出一个个血泡。她忍饥挨饿,既不思念难割难舍的赫尔南·科尔特斯,也不牵挂自己的血肉马克,而是心无旁骛地继续前行。

……………

直到她一头栽进那荒草深处,才觉得这是到家了。然后深深地喘了一口五味杂陈的气,算是对多年的离别做了一个交代。

那从未忘怀的石柱,深深地湮没在荒草、荆棘之中。石柱上更是苍苔漫漶,蟒蛇般的野藤,一层又一层紧紧缠裹在石柱身上……

石柱上的每一块伤疤、每一处裂痕,似乎都在控诉她多年来的丢弃。

扒开紧紧缠绕在石柱上的野藤,才看到那些别离已久的图符,还有那些点线和圆圈组成的数字。

从此,她在附近的山洞安居下来,守着这个石柱,盼着有朝一日一个破译者的到来。

……………

只是马林切的身体越来越见虚弱,还是没有等来可以破译石柱上的图符的人。

从不畏惧凄凉、孤独的她,终于感到了世事难全。

直到与巴拉穆相遇的那一天。

第 四 章

一

还得等上一天。

小岛子们大都名不见经传,自然不是旅游之地,自然交通不便,无论火车、长途汽车都没有时间保证。或是改乘船只到省城,再设法去另一个小岛子?可是此地到省城的船只也没个准头儿。

到这种地方来,自找麻烦不是?

可从另一方面来说,这些极少有人光顾的小岛子,又是再好不过的去处,比如,对一个逃遁的罪犯来说。

如何打发这一天?在这种僻陋的小岛子上,找个消遣都难。

也许可以去海滩游泳。不过现在还是太热,等到傍晚,也许会好些。

秦不已只好夹本书,在树荫的一块石头上坐下,懒散地读着。那是一本关于昆虫的书。

也许树荫不够浓郁,即便戴着太阳镜,阳光也能挤进她的眼角。书上的字,时不时就晃上一片金白色的光晕。

既然如此,她也就不打算再读下去。刚要合上书本,眼睛却被一个页面牵住——

……有时,公螳螂与母螳螂交配是以生命为代价的。行事之前,公螳螂必须谨小慎微地向母螳螂靠近,因此需要很长时间。在酝酿、积蓄了足够的力量之后,才能发起偷袭。

当交配即将达到高潮之时,有的母螳螂会闪电般地回过头来,将公螳螂的脑袋咬下,吞进肚里。这是为了刺激公螳螂射精,并确保精液持续注入自己体内。因为公螳螂神经系统的抑制中心在头部,一旦丢掉了脑袋,抑制机能也随之失去,精液就会流入母螳螂体内,确保卵子受精。而母螳螂一面交配,一面从公螳螂的头部向尾部吃去,一直吃到腹部为止。这时,母螳螂不仅吃饱了,而且体内卵子也充分受精,不久便可以将获得丰富营养的卵子产下……

啊呀呀,了不得的智慧啊!为什么人类就没有这只昆虫的觉悟?她不由得站了起来。

为什么女人不能像母螳螂这样,赶尽杀绝?

不论什么原因,母螳螂这一笔,确是让秦不已五体投地的一笔。她重又慢慢坐了下来,不再理会那晃来晃去的光晕是否会伤害自己的视力了。

接着往下看——

……其实,在其他昆虫的交配中,也有类似现象,如蟋蟀、蚱蜢、蚁狮、地甲虫等,不过没有母螳螂这样性急,而是等交配完毕才将配偶吃掉。有的蟒蛇也有类同情况,雌蛇通常会吃掉最后一条与之交尾的雄蛇,以便解开交尾的蛇结……

想不到,小小的昆虫、爬虫,竟如此睿智,也许正是这一招儿,最终会填平自开天辟地以来谁也拿它无奈的阴阳之间的沟壑。谁知道呢!

不过母螳螂的要求似乎太多了,换作她,能咬下公螳螂的脑袋就行了,还管什么确保受精,使卵子获得丰富的营养之类?……

秦不已自己不觉,她在男人眼里,也和这只母螳螂差不多了。

如果不和秦不已上床,只停留在纸上谈兵阶段,她是太有魅力了,而她的魅力又是难尽其详的抽象。但只要越过纸上谈兵阶段,上了床,他们对她的迷恋,即刻像许多网恋那样"见光死",或叫作"见床死"。

难道她是性无能?不,当然不是。秦不已绝对是饮食男女,床上表现极佳。可是,一旦下了床,就不是床上的她了。当她扭过头来,重新审视与她春宵一度的那个人时,那眼神儿,哪里是重温鸳梦的眼神儿!

明明是既不能当枪又不能当炮的一个女人的眼神儿而已,可它的功能简直就是一把匕首,直直刺进男人的裤裆,任何一个男人在这种眼神儿的注视下,莫不下意识地捂住自己的"二弟",似乎马上就要面临被骗的危险。

那么秦不已至今独身,是因为这个原因吗?要是有人这样认为,恐怕就是替男人们自作多情了。

有什么可以解释秦不已的独身?其实,哪种解释都对不上茬儿。

…………

秦不已放下书本,果然像一只刚咬下公螳螂脑袋的母螳螂那样,心满意足地伸了个懒腰,还左左右右地拧了拧腰肢。

然后向海上望去。湛蓝湛蓝的海面上,似乎罩了一层灰蓝色的薄雾,也许是海在太阳下的蒸发……

凡是有海水的地方,秦不已就会想起继父。

据说那一夜他们在海上遭遇了前所未有的狂风暴雨,船身倾斜得十分厉害。有海员说,站在甲板上的继父被海浪卷下了大海,面对那种风暴,即便上帝也乱了章法。也有人说,风暴前,从地中海的某个港口起航以后,就再也没见到过他……言下之意,继父是自己离船而去。

不管哪种说法,继父从此销声匿迹。十几年过去,没有一丝信息,在这个网络极度发达的时代,对一个活生生的有过各种文字、数字档案记录的人来说,这种没有明确结论的情状,真有点儿不可思议。

天下所有的水应该都是相通的吧?那么,是不是也可以说继父是在这里淹死的?

对于继父的溺水而亡,秦不已一直心存疑惑。

会不会没有死,而是远走他乡,好像"9·11"之后的美国,就有人假借那个灾难从此"失踪",逃避了生活中许多无法逃避的尴尬。

…………

二

从地中海与大西洋交界的那个小岛,来到南美,再后还要北上,一路辗转,究竟在多少个小城、多少个小镇转过车?墨非自己都说不清楚了。频繁转车倒没什么不好,说不定就有意外的、在那些旅游热点难以得到的发现。

可没想到,这里竟是一个少有人讲英语的地界。即便在长途汽车站这种很公共的场合,售票员也不会讲英语。

不会英语没关系,可以用肢体语言。墨非指着汽车时刻表上十二点半那一行阿拉伯数字给售票员看,售票员一个劲儿地摇头;再指给他看,还是一个劲儿地摇头;又找了一张纸,写上阿拉伯数字十二点半,还是摇头。

除了摇头,这个售票员还会干什么?!

这还不说,见墨非购票心切,就撕给他一张晚上八点半的车票,急得他对着那间窄小、简陋、根本用不着大呼小叫的候车室嚷道:"请问,这里谁会讲英语?"

嚷嚷几次,还是没人接应。墨非想,只得在这里蹲一夜了。

正在他一筹莫展的时候,酒吧里遇到的那个女人突然出现在眼前,安静地问道:"需要什么帮助吗?"

她怎么会出现在这里?真是太离奇了。怪不得她给人一种哥们儿的感觉。这不,哥们儿来了。

离奇归离奇,买票要紧,墨非可不想半夜三更到达那个更为荒僻的地方。想要找个落脚的旅店,大白天恐怕都不易,更不要说半夜三更,不遇见鬼就是好的,而他必须在那里转车。

即便在这里,所谓的城市,这个巴士总站连个正儿八经的厕所都没有。男人们倒是方便,厕所围墙只达腰际,扭过脸去面壁或是面对青山就是。

女人呢,女人怎么办?没等他想出所以,只见一个妇女裙子一摆,蹲在地上就方便起来……真让他开了眼。

墨非对秦不已说:"我要买十二点半的车票,他给我的却是晚上八点半的。时刻表上明明写着十二点半有一趟汽车,他为什么不卖给我?"

137

她居然通晓当地语言,很快就打听清楚。"时刻表上十二点半的那趟,星期六和星期日才有,平时是没有的。如果今天走,只能坐晚上八点半的;如果不想坐那趟车,只好在这里住一夜,赶明天早上五点的车。"

只好乘明早五点的车了。"请问,你是来这儿旅游,还是……"

"我也是来买票的。想到其他地方只能和你一样,到省城再换吧。不过今天晚上也得在这里过夜了。"

说罢,他们就一同去找旅店。问了几家,居然都没有空房间,最后总算在一家距市中心较远的旅店找到一间空房。

"你住吧,别客气,我跟店主商量商量,看看能不能睡在走廊里,钱照付就是了。如果走廊不行,我也可以睡在旅店的屋檐下。"墨非说。

"谁说我就不可以睡在走廊里、屋檐下?我在路上住过的地方,可能你都想象不到。"秦不已说,"当然,我接受你的盛情。如果是我一个人,我可能早就找个窝儿躺下了。"紧接着又补充道,"我是能省钱就省钱,能不花冤钱就不花冤钱。"

这么说来,在酒吧猛喝威士忌,对她就不算花冤钱了。

闹了半天,到处找旅店,是对他的照顾。不过看得出她是一番好意,当然也是一份迁就。

远远地,还在走廊这头儿,墨非就看见旅店经理在柜台后面站着,眼睛老早就铆定了他,像一支蓄势待发的冷箭,闹得他立马心虚起来:前生今世,自己是不是杀害过他的儿子或父亲?

当墨非和他商讨是否可以睡在走廊里的时候,他斩钉截铁、张牙舞爪地回答说:"对不起,这不可能,付钱也不行!我们的旅馆,是一个古老的家族经营的旅馆,你没看见吗?房间里多面墙的墙基,都是几百年前的老石墙遗址……我们是不可能为了几个钱,放弃我们家族的品位,让顾客睡在走廊里的!再说,你不是一早就要乘汽车到那个地方去吗?一夜不睡又有什么关系!……"一字一句,都塞满了小题大做的敌意。

墨非注意地看了看这位经理。

似乎也没有发现什么不凡之处,或是像他所说,什么古老家族的信息,只是几条横在额头的皱纹,含意颇深。那哪里是皱纹?一道一道,简直就是历史的铭记。两颊突起,两腮陷落,愁云惨雾罩了一脸,犹如一脉绵延起伏的穷山恶水。左脸颊上有一颗巨如鸽卵的黑痣,据说这种黑痣很容易转变成癌,如果不是陌生人,墨非肯定会劝说他去看医生。

可这老小子怎么知道自己要到哪里去?

然后,那人又非常歹毒地加了一句:"不过,你们可以住在一个房间里。"他始终没有看过秦不已一眼,生怕墨非跑掉似的,一直死死地盯着他。

墨非还没反应过来,便听秦不已低声说道:"你必须向我道歉,不然我就去投诉你。你怎么可以随随便便让一个男人和一个女人住进一个房间?难道这就是你们这个古老家族的品位?难道我们是一只狗或是一只猫,可以随随便便地住在一起?"

她的声音不高,却很威严,毫不逊于一个古老家族的品位。在这既不能当枪又不能当刀的语言威力下,恐怕谁也不能不按她的威严行事。

经理变得像只豹子,微微露出了上齿的两颗虎牙,极不情愿,又不得不按秦不已的要求阴狠地低声说道:"对不起——但也就是这样了。"

"就是这样了?那好,我们不住你的旅店了。如果不是别的旅馆满员,我是不会走进这个小旅店,委屈自己一夜的。"

"旅馆。"经理纠正道。

"对不起,旅店。"秦不已强调着,然后转身用中文对墨非说,"'就是这样了'用在这里,是很轻蔑的态度。我宁肯睡露天,也不能住这个旅店。"

"好吧。"墨非同意。

不过秦不已是不是有点儿小题大做?不住就不住,犯得着跟这个经理争什么"旅馆"还是"旅店"吗?

当他们走向旅店大门的时候,那个经理还不依不饶地在后面说着:"祝你一帆风顺!"墨非注意到,他说的是"祝你",而不是"祝你们",而且显然不是祝愿。

墨非调转回头,嬉皮笑脸地回他说:"你怎么知道我就不能一帆风顺?"

他们回到大巴总站,以为总可以在这里的候车室混上一夜。没想到这总站过点就关门,理由是晚上没有车次服务,自然也用不着候车室。

只好在门外的台阶上坐下,露天熬一夜了。

秦不已从类似登山队员用的巨型背包里掏出一卷织物,展开后却是一块绵软的毯子,老练地将毯子平铺在台阶上,然后脱下自己的夹克,准备躺下……

这时,墨非看见,秦不已的后腰上竟别着一支小手枪!

真是意外不断。难道又是一个小题大做?一个人怎么能小题大做到这种地步?不过女人难免多虑一些,尤其在这荒山僻岭的地界。

这是个什么样的女人呢?如此胸有成竹又思虑过度,真让人琢磨不透。

"嗬,还带着枪呢!"他以为秦不已会对他的惊诧有所解释,只见她又是淡淡一笑,不介意是否当着个男人,便老三老四地躺下,准备睡了。

看架势真是一匹货真价实的"老驴"。这样的"老驴",即便在男人中也不多见。

既然一个女人能够这样老三老四地当着男人躺下,他又有何不可?也就在台阶上躺下,可惜他没有那样一张绵软的毯子。

"嘿,你可以把我的夹克拿去垫着。"

"不,谢谢,不用了。"这里的气候是白天晒得要涂防晒霜,晚上可是盖上毯子也不嫌多,夹克还是留着她自己盖吧。

"那好。"秦不已也不多让,一分钟不到就听到她轻微的鼾声。

墨非也渐渐入梦,实在太累了。

很快,墨非就从梦中惊醒,他梦见那个左颊长了一颗大黑痣的小店经理,举着一颗不知从什么人胸膛里掏出来的血淋淋的心,站在一个高入云天的祭坛上,嘴里念念有词。墨非一低头,发现自己的胸膛被豁开了,再摸摸自己的心,没了……

秦不已也醒了,或许他在梦中发出了惊叫。

"做梦了?"

"是啊。"他也没说做了什么梦。

然后两个人就静静地躺在相距不远的台阶上,各想各的心事。

夜色清冷。这样的夜色,最好用来洗涤蒙尘。

"听,听见歌声了吗?"秦不已悄悄地说,好像说话声音一响,就会惊扰、吓走那在夜色中游弋的歌声。这样悄声说话,真不像发自她这种男不男、女不女的人。

一个炽热而苍凉,高亢又沉沦,痛不欲生、撕心裂肺、破绽百出的南美高原特有的高音,在远处的夜色中游来荡去,却并不打算近前。

如果说印第安人的排箫如幽幽残破的晚风,那么南美高原上特有的高音,就是直上云霄的狂飙,于骤然间撕裂……

爱到山崩地裂时,怕就是这个动静吧?

这种破绽百出的美,与音乐厅里圆润平滑至天衣无缝的美声唱法,是无法相提并论的。只有在这无边无际的荒原上,破绽百出的狂放魅力,才能无拘无束地一展无余。

然而那歌声的精髓,却是没人可以阻拦、挽留的流浪。包括那山崩地裂的爱,也不能让它稍作停留……

这无可羁绊、阻拦、挽留的流浪,与似乎总在寻找一块栖息之地却又无处可寻的排箫,相辅相成地成为如今这块土地上既非西班牙人、也非印第安人的梅斯蒂索人对自己血缘无穷无尽的追索,还有那不知魂归何处的漂泊。

多少人和事就在这歌声里流淌过去,又有哪一桩、哪一件能留下个痕迹?即便有那想要为你留住一些痕迹的人,他在世上的停留同样匆匆。时间的潮汐,很快也会把他淹没得无影无踪,你还能指望他为你留住什么呢?……

似乎人间所有的忧伤都被这歌声撕碎了。而这撕碎后的忧伤,竟比未被撕碎前更加无边无际的完整,更让人肝肠寸断,更无可救药——它有了颜色,有了灵魂!

墨非从来自由自在的心,此时却不禁被这歌声牵引,或是说窒息。他的魂魄,似乎也跟着这歌声一起流浪去了。

墨非没有体验过忧伤,也可以说他是不懂忧伤为何物的人。可此时此刻,他觉得曾几何时,若干辈子前,被自己掩埋得很深的忧伤,全被这歌声挖掘出来,又被撕为片片飞絮,漫山遍野地飞啊,飞啊……除了流浪,还有哪一处是值得安身的地方?

这歌声又像解开了一个密码……墨非的,还是其他什么人的、什么事物的?

高音渐渐收鞘,歌声改为吟唱……悠远而空阔,最后在人们心灵深处那最为柔弱的角落栖落下来,衔来世间万般愁绪,做了一个窝。

"听懂了吗?他唱的是'时间是用来流浪的,身躯是用来相爱的,生命是用来遗忘的,灵魂是用来歌唱的……'"

"……生命是用来遗忘的……"墨非重复道。此刻,他实在爱上了这个荒蛮的地方,哪怕仅仅因为这歌声。

曾经,有那么几个女人,对他说过比这更为煽情的字眼儿。他不但无动于衷,还觉得肉麻得不行。

也许是因为秦不已在翻译歌词时嗓音突然变得那样柔曼、苍凉,也许是墨非不曾见识过高原上粗放的夜色……

他想到了"大黑痣"。如果没有"大黑痣",他墨非就不会有这旷野中的黑夜,他还能听到这如醍醐灌顶的歌曲吗?

"但为什么不是'灵魂是用来流浪的'?"他问。

秦不已像是没有听见,自言自语道:"生命是用来遗忘的……对那些生不如死的遭际,又如何遗忘呢?"语气深不可测,接着尖酸刻薄地一笑,与方才的动情判若两人,然后问道,"你是去那里旅游吗?"尖酸刻薄也好,苍凉动情也罢,都像水管子里流得很猛的水,却让她咔嚓一下关上了水龙头。

"不,不仅仅是,也是去寻找一个数字的源头。"

接着,墨非简略地说了说那根突如其来的翎羽,还有自己的职业。

秦不已文不对题地说:"你说'灵魂是用来流浪的'?……也不错。如果有一件事,值得一个灵魂为之流浪,又何必计较结果呢……嘿嘿!"她刺耳又怪里怪气地一笑,"不过,这里的人很少说英语,当地语言你又不懂,这么复杂的事,怕是很难做到呢!"

他似叹又不似叹地"唉"了一声:"是啊,可是现在,想罢手也罢不了了,就像上了贼船……"

该不是想要一鸣惊人吧?如今这世界,还有哪个犄角旮旯儿不被人满坑满谷地填满?只好另辟蹊径。她并没有看不起墨非的意思,眼前这个比自己看上去小很多的男人,的确需要找到一个安身立命之道。

"倒是个有意思的事儿。要不,我跟你一起去吧。"

这个说商讨不是商讨、说决断不是决断的口气,着实让墨非亦惊亦喜。"真能这样,那是再好不过了。不过,不耽误你的事吗?"

"我没什么固定的目的地。旅途中变换目的地是经常的事。不过我得先看看地图,沿途有没有我没去过的岛子。"

"你喜欢小岛子?"

"算是吧。"她的嘴角看不出地一咧。她喜欢的是高山峻岭,哪里是什么岛子?

秦不已这样做,并不完全是为了墨非,甚至可以说少有"义举"成分在内,她是为了自己。

永远不要相信,那些孤绝的人不需要任何依托便能自在人生。

秦不已是如此孤独。她的孤独不仅来自她对人生的怀疑,更是来自对自己的怀疑,因此她的孤独是绝版的孤独。

而她如此辛苦包裹起来的孤独,又是绝对不愿被人识破的。那么,一个"事不关己,高高挂起"的陌生人,就成为再合适不过的承载她孤独的依托,哪怕一小会儿呢,也比没有好。尤其墨非在与她交往中深浅有度,不爱打探,对她的所谓帮助也没有特别的感激涕零,这才好!

即便旅行结束后各自天涯,能有那么二十多天的相处,也算是意外收获。

墨非一定想不到,不是秦不已帮助了他,而是他帮助了秦不已。而且这种帮助,是有钱也难以买到的。

"不过,你的假期有限吧?"墨非又问。

又是一个不回答。

假期？她的假期她说了算。公司里的事早就安排好了,每年至少有三个月,可以让她自由自在地周游。

"你说,人们为什么这样热衷于探寻、寻找?"她一面打着手电筒在地图上搜寻,一面说。是"顾左右而言他"吗？似乎也不是与他研讨,兴许是自问自答吧。

好像终于找到了什么,嘘了一口气,说:"好吧,我陪你去。不过,有时需要徒步沿海而行,你受得了吗?"

他笑了一下。"是不是由我来问:你受得了吗?"

秦不已总算有了点含意模糊的笑容。

三

墨西哥城已远远留在后面,墨非反倒有了一种轻松的感觉——这茫无头绪的游走,终于有了比较明确的目标。

至于墨西哥城,倒没有留给他更强烈的印象。也许信息过多,好像猛一顿美餐之后反倒记不得自己享用过什么。

旅行墨西哥城,本就是捎带脚的事。加上旅游资料上的介绍,墨非对这个浓缩了那么多战争、朝代更迭的墨西哥城,实在没有多少兴趣。

一个朝代的兴亡再正常不过,如同潮起潮落,如同生命的四季。为什么一个王朝就要永存不灭？天下有这样奇怪的事吗？

又何必为一个正常的四季更替贴上自己的标签？阿兹特克灭了又怎么样？它还不该灭吗？它要不灭，其他部族就得被它灭光了。

然而，墨西哥城之旅，毕竟给了墨非意想不到的收获——

也许他们有些累了，也许对那些"了不起"本就有些不敬，那天，潦潦草草游览了主要由阿兹特克神庙、西班牙大教堂，以及墨西哥外交部大厦组成的"三文化广场"后，便找了一棵树下的长椅坐下。

又是喝又是吃地忙活一通儿之后，秦不已似乎自言自语道："既然西班牙人是贪婪无耻的侵略者，为什么还要把西班牙文化当作自己的文化财富之一展现在这里？你再看看赫尔南·科尔特斯那座青铜雕像，多么威风，不可一世，简直所向无敌……若在敝国，绝对不会为他竖什么雕像；即便竖，也会把他雕成一只癞蛤蟆，踩在脚下。"说不清她是在得意于那只并不存在的、被踩在脚下的癞蛤蟆，还是在赞美赫尔南·科尔特斯的青铜雕像。

听到秦不已的"癞蛤蟆"之说，墨非有些别扭。

同行一路，彼此依旧陌生。但墨非已察觉到，秦不已的思路似乎过于褊狭，在对待某些问题上，说她有些"奇""狠"也不为过。这有点儿奇怪，平素里，秦不已不像是斤斤计较的人，每每面临消费，甚至可以说是豪爽，可在某些"原则"上，她又好像很不容易通融。什么"原则"？墨非也说不清，反正比起她来，自己可以说是没什么"原则"的人。

渐渐地，墨非觉得秦不已不那么招人喜欢了，但也随口答道："是啊，为什么要把这三种不是你死就是我活的文化，搅和在一个广场上？难道，还嫌过去几百年里他们彼此闹腾得不够?"

不过,他的这个回答和秦不已的评论,有点儿牛头不对马嘴。

在不远处歇息的一位文质彬彬的老者,像是听到了他们的谈话,也不看着他们,自言自语地说道:"人类博物馆大厅入口处有这样一段话:'……没有古代玛雅文化和后来的阿兹特克文化,不可能有我们今天的文化;没有西班牙人带来的欧洲文化,也不可能有我们今天的文化……'"

不管怎么说,老者的英文说得"贼溜"。秦不已从鼻子里哼出一个不能苟同的声息,心想,此人怕是西班牙人或西班牙后裔。"您也是来这儿旅游的吧?"

"噢,不,我是当地人。"

当地人?什么是当地人,上哪儿再去找当地人?

秦不已对事物的怀疑并非始自今日、此时,并且从未放弃过这种潜在的、深度的怀疑,甚至可以说是敌意,对老者的话自不以为然。

老者看着他们,和蔼可亲地接着说:"还有那座纪念碑上的话:'一五二一年八月十三日,被夸乌特莫克英勇捍卫过的特拉特洛尔科古城,陷于赫尔南·科尔特斯之手。这不是任何人的胜利或失败,而是一个混血民族的痛苦诞生。这就是今天的墨西哥。'说得多好啊,'这不是任何人的胜利或失败……'"

秦不已感到,老者似乎洞悉了她的所思所想,这些话,简直就是对她高屋建瓴的回答。

墨非不好意思地摇摇头。"还没有看,等一会儿我们就去看那座纪念碑。"

"我对历史没有多少兴趣……再说,历史,是很难说清的事。所谓史实,也难免不在流传中失散、变异,甚至……"没错,就连她自己的日记,十二岁之前和之后也已大不相同。她一向崇尚的真实,在十二岁之后的日记里,已无处可寻——尽管她没有说谎,可她也没有说"真"。也就是说:自那以后,自己那以日记为载体的历史是空白的。而这空白,是她有意为之!

理论上来说,人们以为日记是容易查证的、可信赖的一部分个人史。但令人尴尬的是,据她所知,伪造日记的大有人在。不是有些名人,就以日记这种不大容易招人质疑的方式,蒙骗不明就里的世人吗?不但在日记中伪造自己的光辉形象,还伪造"仇人"的败行劣迹,从而达到让自己"名垂千古",让仇人"遗臭万年"的目的。

甚至……甚至什么?

"又请问,世上有哪样东西可以不走样儿地传承、永存?加上公说公有理,婆说婆有理,受众真不知该听谁的。"

可不嘛,就连一个茶杯,从这面看是带把儿的,从对面看就是不带把儿的。有多少人考虑过,调个个儿、换个角度看看?举手之劳而已。

更何况,我们所看到的"历史",必然带有史家的立场、利害、价值观、审美观、个人好恶……好比母亲,一生快要过去,她又闹清楚了多少地层的秘密?当然那是几亿年,甚至是几十亿年之前的事,不大好说。那么现如今呢?现如今的事就能说清楚吗?哪怕是她们自己的事,不是也没有勇气面对,不能说清楚吗?不能说清楚的事,就不能蒙事儿地结论为"历史"。

"全世界人都知道哥伦布在新大陆买卖奴隶发财致富的营生。多少印第安人被逼得妻离子散?又有多少奴隶因虐待、恶劣的生存环境、过于繁重的劳动而死亡?更不要说他在新大陆掠夺的财宝……至于其他占领者,甚至比他有过之而无不及,是不是?"

一直惜字如金的秦不已,为什么突然话多起来?

墨非并不觉得她意在探讨什么严肃的话题,而是在较劲儿。也不是跟老者较劲儿,而是跟她心里的什么东西较劲儿。此时此刻,即便不是较劲儿哥伦布,也会较劲儿别的。

"是啊,这也是后来者的一家之言,据我所知还有别的说法。真实的情况谁知道呢?正像你刚才说的,'世上有哪样东西可以不走样儿地传承、永存?加上公说公有理,婆说婆有理,受众真不知该听谁的'。不过说到底,历史的更迭、前进,常常是从不道德开始的……很遗憾,真的很遗憾。"老者的神态依然和蔼可亲。

前进,什么是历史的前进?历史的前进以什么为坐标?

难道现今社会就比原始社会更好?

原始社会又是什么样子?怎么不好?说得清楚吗?史家笔下的原始社会谁见过?根据挖出来的两块骨头,就能断定原始社会是他们笔下的那个样子?

也许根据那两块骨头,可以验证他们当时吃的是什么,长得有多高……可是谁能根据那两块骨头,说出他们"想"的是什么?

这才是"很遗憾,真的很遗憾"!

如果原始社会不好,曾在地球上留下卓越文明的一些种族哪里去了?比如说古埃及人、古玛雅人,还包括中国的三星堆人……他们为什么不一同"前进",而是说没就没,几乎在瞬间消失得无影无踪?是不是他们对"前进"根本就不看好?

为什么科学发达的现代人类,无论如何也找不到他们的踪迹?或许他们根本不想与眼下这个地球、现代人类有什么瓜葛?……

秦不已很少想到"历史"这个话题。自己的"现实"已耗尽了她的精气神儿,如果不是这位老者,她才不会想到这些。可这一想……越想问题越多。

而墨非也不明白:为什么被侵略的墨西哥人对待入侵者如此宽厚?这是一个没有血性的民族吗?

"不论从什么史观来说,还不都是对外扩张?所谓欧洲的发展,还不是牺牲其他民族利益的结果?而美洲大陆,难道不就是在哥伦布之后,开始沦陷于水深火热之中吗?"秦不已说。

"难道美洲大陆在此之前就没有浸泡在水深火热之中?读一读阿兹特克人的历史吧,那你就会知道,阿兹特克统治下的墨西哥人,未必没有在西班牙统治下更加水深火热……怎么样,吃饱了、喝足了、歇够了,咱们是不是接着参观去?"墨非对秦不已的较劲儿已经忍了许久,只想让她打住。

还好,秦不已的神态突然变得飘忽,思绪也似乎转向了其他。这真是一个不好捉摸的女人,这会儿是列宁,过一会儿很可能就是托洛茨基也说不准。

无论如何,不得不承认,这是一位博学的老人。墨非不大容易崇敬什么,可是他崇敬学问。

"请问您是做什么工作的?"

"我研究历史。"

"您还没有退休吧?"

"什么叫退休呢?对很多人来说,他们只要活着,就会不停地思考。"

墨非想起在网上搜索到的有关马力奥·佩雷兹神父的信息,想必这位研究历史的老者对那位神父会有更多的了解。

"您知道,十六世纪初,有位从西班牙来的马力奥·佩雷兹神父吧?"

"噢,请问你是从……"老者似乎对墨非的提问没有多大兴趣,对墨非倒有了兴趣。

"我是从中国来的。"

"来旅游吗?"

"算是吧。"

"算是吧? 嗯,是的,是有这么一位神父。你对他有兴趣?"

"不,我是对他书中提到的一个人,一个叫作巴拉穆的人有兴趣。不,也不是,我是对巴拉穆说到的一组数字有兴趣。那组数字是:1、366、560……"于是墨非对老者说了他与那组数字如何相遇,包括自己那天傍晚在火山口上的遭遇、感受,以及由此而来的没头没脑的寻访。

老者洞彻一切地笑道:"这就对了。"

什么"对了"? 指人还是指物? 是结论还是方向? 指墨非还是指老者自己……

"对了? 您认为我这没头没脑的寻访,是值得的?"

老者没有回答,只管说下去:"历史上是有巴拉穆这么一个人,担任过马力奥·佩雷兹神父的翻译……后来却不知所终。至于你说到的这组数字 1、366、560,是古玛雅人留下的数字。按照古玛雅人的说法,那是一组'可以带来幸运的数字',而且这组数字……"

"可以带来幸运的数字?!"墨非急不可待地打断了老者。

哪一方面的幸运呢?

墨非感到兴奋的,不是那组数字能带来什么样的幸运、带给谁幸运……像他这种人,从"幸运"这个词儿扩展出去的,既不是升官发财,也不是美满姻缘。

根据他与这组数字前前后后发生的一系列不算奇怪,也不算不奇怪的事,他模模糊糊地感到,一个具有大意义的答案就要来了。那组虚无缥缈的数字,此时似乎有了可以触摸的质地。

他只顾沉浸在突如其来的兴奋中,从而忽略了老者所言"……而且这组数字……"里的"而且"之后意味着什么。

为了这个忽略,墨非必将付出许多原本可以不必付出的力气。

"可以带来幸运的数字!什么是'幸运'呢?"秦不已说的是"幸运",然而她的语气与"幸运"的距离无边无际得让人陡生寒意。

她怎么了?

墨非顾不上多想,这组数字的下落,已然让他无心旁骛。

此时,老者的手杖无缘无故地从手里滑了出去,跌落地上。

看起来跌得并不很重,可是手杖头上的雕饰,那古怪精灵的羽蛇头却裂开了。墨非为老者捡起手杖,惋惜地摸了摸开裂的羽蛇头。老者接过手杖,只说了声谢谢,也没查看一下羽蛇头损坏的程度,便继续方才的话题说下去——

"……但也从来没有听说过有谁与它相遇。不过,谁知道呢,也许每个人都有可能与它相遇,也许每个人都没有可能。"老者停住话头,似乎在考虑继续说下去还是不说,于是后面的话,听起来就有些着三不着两,"……有时候我们遇到的不顺,也可能孕育着什么非同寻常的结果。所以,我对'遭遇'充满了兴趣,哪怕它看起来很糟……"

这些话其实也很平常,可墨非怎么听怎么都觉得像是谶语,也让他充满了破译的期待。他定定地看着老人,老人也定定地看着他,他们像是在进行旁若无人的深度交谈,又像是在穿透彼此的五脏六腑。

此时,老者的影像突然变得越来越模糊,并且像是背朝太空迅速飞升而去,他那和蔼可亲的眼睛,也变作两束旋转的气流……尽管墨非还能感觉老者近在咫尺的体温,人却遥不可及了。似虚似幻之中,墨非听到老人从太空传来的声音:"到奇琴伊察去吧,那里是古玛雅人的故乡……"

想再多听听老人说些什么,老人却又从太空回到了他身边,还原为实实在在可以触摸的人。

面对此情此景,墨非更相信是自己有那么一会儿神志不清。不然老人怎么又会活生生地从长椅上站起来,对着秦不已说:"无论如何,还是宽放吧,人生说不清楚的事太多了,岂止历史?"——可以说是对秦不已方才那些观点的不能苟同,也可以说是警世恒言。

然后老者又反转身来,没头没脑地问墨非:"……还有,在你看来,燃烧是什么意思呢?"

"燃烧?燃烧是灰飞烟灭之后一无所留。"

"嗯,差不多。按照古玛雅人的习俗理解,燃烧的庙宇是血缘终止的意思……祝你好运!"

这是哪儿跟哪儿啊!

说罢,老者便举着那根羽蛇头开裂的手杖,飘然而去。墨非无法想象,上了那样年纪的人,行路敏捷也许可能,但步履竟然那样飘逸。

那么,他那手杖,又是干什么用的?

四

眼看行程就要结束,仍是一无所获。

像这种没有一点儿线索和根据的瞎摸,有所斩获的机会可以说是渺茫又渺茫。

不过秦不已并不急切于收获的有无,又不是第一次经受这样的失败,好在自己还年轻,从时间上来说,还有机会。能达到目的更好,不能达到目的,也不会如丧考妣,反正这是她一辈子也不会放弃的事情。她的命有多长,为这个目的奔波的路就有多长。再说,她已百炼成钢。

对不尽如人意抱着最为无所谓态度的人,也许才是世上最绝望的人吧?

只能期待下一个目的地。

下一个目的地在哪儿?

秦不已从来没有一个明确的目的地。对于自己从不懈怠的追寻,只有战略上的考虑——比如从十几岁起,就设定自己非赚大钱不可,不是为了锦衣美食,而是支付不知是否需要转战一生的旅费;比如在"时间就是金钱"的今天,能有足够的时间储备,让她每年有三分之一的时间不必工作,而是用于旅途消费……而她却没有战术上的具体落实,这有点儿像曾经时代的那句名言"摸着石头过河"。

这不能怪她。看看那些探案电影,还有影片中那些破案手段,在现实生活中其实很难得逞,毕竟电影是电影,生活是生活。而且探案电影的设计,从根本上就是为了破案而设计的。算她孤陋寡闻,还没见过哪部探案电影最后是不得而知的结局。

而她的"案子"一点儿谱也没有,整个儿就是一个"蒙"。

还有,那个假定是否成立?

不过是她一厢情愿的设立而已。或许也可以说,那是她对某个明知不可抹去,却不甘地非要抹去的生命烙印的固执。

此番与墨非同行,虽多出一两段计划之外的行程,比如奇琴伊察之行,她却没有抱怨墨非这突如其来的选择。奇琴伊察就奇琴伊察,反正是在尤卡坦半岛上,沿海岸线肯定有许多可以选择的去处。

只是这条路太难走了。可要去奇琴伊察,又非走这条路不可。偏偏到了山上,车又开不动了。

坡路太陡,车又太旧。唉,在这个穷地方能租到什么好车!墨非不会驾驶这种以手制动的汽车,只好让他下车,在后面推一推,助这部烂车一臂之力。

可是此人体力也不行,呼哧带喘,效果不佳。他是"七〇后",还是"八〇后"?

好不容易上到山顶,有一处平坦的洼地,他们只好停下。

已是半夜时分,山上很冷,又饿又渴,前不着村后不着店,别指望这里能买到食物或饮料。

起程的时候,没想到山路这么不好走,没想到汽车这样破旧……人生就是由这许多"没想到"组成的吧。她想到过她的人生是这样的吗?同样是没想到!

搜遍旅行袋,只有一个苹果。秦不已拿出了小刀。说是小刀,不如说是匕首,即便江洋大盗,也得在那把小刀面前掂量掂量。

然后将那个不大的苹果一分为二。可还没等把苹果递给墨非,一路听喝的墨非,此时突然显出大男人的专断:"你吃!"

"哪有这样的道理?有福同享,有难同当。"

"你不是说这是翻山的唯一通道吗?天一亮肯定会有车经过,我们不会饿死渴死的。"

秦不已还是不容分说地把苹果塞给了墨非。还没听说过谁不听她指挥的!尤其公司那些下属。

墨非顺手一推,秦不已手里的小刀便戳在了他的手腕上,血立马流了出来。月色下,鲜红的血变成了黢黑的、浓浓的汁液,蜿蜒而下,给人一种不祥的感觉,又似乎是止不住的样子。

秦不已埋怨地说:"你看,不过半个苹果,值当吗!"然后起身,从背包里翻找出手电筒。手电筒自然也是"巨"亮的,说是探照灯也许有些过分,可还有哪个日常用的手电筒能和它相提并论?秦不已不由分说,拿着那"巨"亮的手电筒,便往草丛里走去。"我知道,此地有一种可以止血的植物,试试看,能不能找到。"

"我跟你一起去。"

"你去干什么?留在这里看着咱们的行囊。这里可是他们游击队经常出没的地方……如今呢,游击不知还打不打,转行抢劫是肯定的了……别担心,万一有什么情况,我马上就会返回。"秦不已拍了拍后腰上的枪,原来如此!墨非也就不再多想她的枪。

手电筒的光圈消失后,墨非立马感到笼罩在大地上的黑暗分量不轻,沉重得只管往下沉坠,何处是落底?谁也不知道。

继而又听到了空气的呼吸,还有空气行走的脚步……

不久,他就听到一声枪响。显然秦不已遇到了什么可怕的事,不然她不会开枪。奇怪的是,却没有听到她的一声呼救,哪怕是受到惊吓的呼叫。

墨非霍地站起身,想去帮助秦不已,可又不知道该往哪个方向去。

枪声并不是从她进入草丛的方向传来,而是另一个方向。她走得真有那么快吗?

这时墨非才感到,四周的草丛是那样的深。这哪里是草丛,简直是草的森林。一般身高的人,一旦进入这草丛肯定没了顶……他急得一边在那块不大的洼地上转磨,一边大声喊:"喂,喂,你在哪里?你在哪里?我来了,我来了……"

直到现在,这女人也没对他说过自己的名字。不告诉名字也罢,墨非对一个陌生的名字没有多少兴趣,可是遇到眼下这种情况,那个符号就有了必要。

没有回答。也难怪没有回答。他的呼喊根本无法传递出去,全让厚实的黑夜吸了进去。

如果不是陪他去奇琴伊察,哪里会发生这样的事!如果一个人的生命,因你而发生了意外,今后你还怎么活下去!

墨非越来越歇斯底里地喊着……

草丛里终于有了刷拉拉的声响,越响越近,果然见到秦不已举着一把植物走了回来。

"你怎么了?急死我啦!"墨非不由自主地一下子抱住了秦不已。

秦不已轻轻推开墨非,在墨非不知不觉间离开了他的怀抱。

"没什么,我打死一条蛇。说它是蛇都委屈它了,这里的蛇'巨'大,我不知道此地人为什么还把它们叫'蛇',应该叫'蟒'才对。刚才这蛇盘缠在树上的时候,两只眼睛真像两个绿莹莹的灯泡。突然间,那两个灯泡就冲我射了过来,如果不是发现得快,我非让它缠住不可,那就麻烦了……"说着,就把手里那植物搓了又搓,直到茎叶化为黏稠的浆液,然后敷在墨非手腕上,血很快就止住了。

墨非想,这哪里是女人,分明是个无所不能的男人。"你这样的女人真少见啊!"他不由得赞美道。

"咳,等你闯荡多了,也就如此了……不过我还得回到草丛里去。如果你愿意,跟我一起来?"她看了看墨非的手腕。

"当然。"怎么,不让他看行囊了?墨非明白了,刚才不让他跟着,是不想让他跟着一起冒险而已。

"我把那条蛇打下来之后,就在它坠落的树下,发现了一个石柱,石柱上刻满了图符。我猜有些符号应该是古玛雅人的。你不是对这些有兴趣吗?也许能读出上面的什么秘密呢……当然,也不值得大惊小怪,这里到处都是年代久远的废墟、古迹,多得让人毫不稀罕。不过,我可不想无意中放过什么有价值的东西……"

他们就这样深一脚浅一脚地进入了草的森林。

墨非边走边想,这个地区不正是墨西哥城那位老者所说的古玛雅人的故土?尽管玛雅文明大约在公元九百年戛然而止,可是他们留下的东西就像无穷无尽的诱惑,时不时就一露峥嵘,让你本想忘记、罢手的心思,重又浮动起来。

在这毫无标识、特点的草的森林里,重蹈覆辙很不容易,哪怕你一分钟之前刚刚经过这里。而一片黑暗之中,方向就更加难以辨认。

秦不已三下两下就找到了那棵树,还有树下的石柱。她的方向感实在太强了。而一般女人的方向感都很差,而且大多不爱看地图,谁让有的是男人替她们看哪!

在石柱前站定的秦不已和墨非都不可能知道,两个星期前,这石柱还被一层又一层古藤缠绕着。那其实不是古藤的缠绕,而是对"曾经"一种别样的封存。

马林切离世若干年后,巴拉穆也不得不永别石柱那一天,他躺倒在这石柱的一侧,眼睁睁地盯着石柱,久久闭不上眼睛。直到一种极为深重、不知从何而来的锈色,如随落日而来的溟濛,渐渐将石柱封罩,巴拉穆那因"使命未竟"而无法闭上的双目,才安然地闭合了。他知道,石柱从此将进入沉睡,一直会沉睡到那个"奇怪的人"的到来。他知道,这是石柱应允给马林切和他的一个忠诚的等待。

当地公路管理部门为开拓另一条盘山通道,两个星期前曾在此地勘查。工作人员经过这石柱的时候,不知是他们的勘探工具还是攀岩装备,比如安全带、快挂之类的东西,被石柱上的古藤缠住。人们费了很多力气,才把那勘探工具或某种攀岩装备从古藤的缠绕中解脱出来。

但是,谁也没有注意到古藤下面的石柱。抑或缠绕其上的古藤一时还没有完全与石柱脱离,缠绕在石柱上的古藤像一把锈蚀的锁,须得慢慢松绑。于是,公路管理部门的勘探人员,就那样与石柱擦肩而过。

这就是所谓的缘分吧。

可是那条被秦不已处了死刑的蛇,却不知去向。

"难道它没死?"秦不已不解地问。

亏了她那照明极强的手电筒。

石柱上,蜿蜒着血迹,肯定是那条蛇的。

再看看周围的草丛,却没有一条被巨蛇碾轧过的痕迹。哪怕是树林,经过这样一条巨蛇的压迫,也不会不留痕迹啊。

不远的草丛深处,他们还寻得一具零散的骨架。这属于不幸被野兽吃掉的旅人,还是与这石柱有故事的人?

他们不是考古学家,但还是记下了这具零散骨架大概其的发现地点,也许今后对什么人有用。

"这里处处都有让人振聋发聩的遗迹,一具骨架又算得了什么?"秦不已说。

紧接着,他们又发现了一只独具风格的耳环,这让墨非又是好一阵兴奋。

"你像个考古学家似的……可耳环也说明不了什么。"——墨非更愿意相信,秦不已老说这些扫兴的话,是给他过度兴奋的想象力降点儿温。

不，墨非照样不得其解。石柱上面那些图符太不靠谱，对此他也不觉意外。如今世界上有那么多考古学家在研究古玛雅文字，不是还没有谁取得突破性的进展吗？何况他这个与历史、考古毫不沾边儿的人。

但除了那些图符，还有一些线、点、圆的符号。墨非知道，这是典型的古玛雅数字符号。

与古玛雅文字的遭遇不同，古玛雅的数字符号已被很多人认识。对一个研究数学的人来说，读出这些数字符号尤其不难。玛雅人用线条和圆点表示 1 到 19，一个圆点表示 1，一条线条表示 5，而 0，则用 ⬗ 来表示。说简单也简单，说复杂也复杂。

墨非突然想起墨西哥城那位老者的话："慎待你遇到的所有事物"，便收起自己的轻心，从未有过地严肃起来。

见墨非严肃不语，秦不已知道，一定有什么非同小可的东西入了他的心。

只见他不断用手掌翻来覆去地摩挲着地上的石柱，就像巫师在施法术。

曾几何时，那坚硬不可一世的岩石，早被岁月揉搓得威严尽失。柱面上叠摞着薄如刀片的断层，这一层交叠着那一层，那一层纠结着这一层。是互相遮挡还是互相搀扶，以抵挡岁月的剥蚀或化为齑粉的悲惨？

断层上及断层缝隙间，斑驳着苔藓经年的疤痕，驳杂、顽劣、纠缠不清。也许只有这不起眼儿的苔藓，才能与岁月一拼短长。岁月有多么长久，苔藓就熬了多么长久。就这样，它们活生生地将一个身负大任的石柱，整治得如此落魄，如此惨不忍睹。

石柱上所有的符号都不易看清。秦不已用手电筒的光柱跟踪着墨非的手，对准他抚摸的地方一一扫去。待墨非把那些点、线、圆凑整齐后，他霍地直起了身子，好像要从石柱面前逃跑似的,几乎把为他"掌灯"的秦不已撞倒在地。

即便就在眼前也难以相信,那些点、线、圆组合起来,竟然就是他在那根翎羽上看到的那组数字,也是墨西哥城那位老者说的——可以带来幸运的数字!

这样的巧合让人恐怖至极。

所谓恐怖,并不是神神鬼鬼的荒诞不经,而是冥冥之中被掌控的感觉。

那是不论谁,永生也逃脱不出一个掌心的无可奈何。事实上,你从来也没有自主、自由过……那掌控你的力量,说来就来,说走就走。它无时不在,你无处可躲,不论你走到哪里躲到哪里,它都能找到你。既不掐你的脖子,也不要你的命,只是突然凑到你脸前,给你一个冷不防的、志在必得的眼神儿,然后转身而去——而你知道,这并不是真正的离开,它随时都可能回来。

你还注意到,那眼神儿是向外眼眶斜"叼"上去的。也就是说,即便眼眶,也无法约束眼神儿的去向……

听了墨非对这些点、线、圆的解释,秦不已更是一脸迷茫。

墨非早就注意到,"迷茫",是行事强硬的秦不已最常见的表情,这真是非常矛盾的组合。可有哪个人不是矛盾的组合体?包括自己。

那一瞬,墨非读出的不仅仅是一组数字,能识别的,还有一座正在燃烧的庙宇……就在那组数字的下面!

再看蛇的血迹,从燃烧的庙宇顶部,弯弯曲曲向庙宇底层流去,与庙宇底层刻有的羽蛇头连在一起。

"这组数字直指庙宇……它会不会是有关这庙宇的一个索引?不过,这个索引已经告诉我们很多。或者说,除此而外,我们什么也不知道。"

"当然,仅仅是个索引。"秦不已同意道。墨非庆幸这次旅行得到如此聪慧的一个旅伴,不说是千载难逢,也是人生的不可多得。

石柱上燃烧的庙宇,让墨非想起墨西哥城那位老者的话:在古玛雅人的习俗中,燃烧的庙宇是血缘终止的意思。

什么是血缘终止?为什么说到血缘终止?……是否指的就是世界末日?他没法儿不想到那个失传的古玛雅人用来计算世界末日的公式。

此情此景,与几百年前马林切和巴拉穆那场生死之别的交谈几乎无异。只是四个人的人生际遇和所处时代,已截然不同。

尽管马林切在离世前一刻紧紧抓住巴拉穆的手说:"拜托啦,千万、千万守住这石柱。你有先知先觉的禀赋,我相信,早晚有一天你会破译这个石柱……"

即便到了最后时刻,巴拉穆也不能为了让马林切安心离去就欺骗她。

他说:"不,不要寄希望于我,我对它的破解也就到此为止。但我会终其一生守护它,它将永远留在这里,忠诚地等待着那个破译它的人。相信我,将来一定会有一个男人来到这里,给这石柱一个说法。"

奄奄一息的马林切仍不能放心,追问:"那是一个什么样的男人?"

"一个奇怪的男人。"

"何以奇怪呢?"

"太过邈远,但却因了缘分而奇怪。"

想必巴拉穆的在天之灵知道今日今宵在这草的森林里发生

的一切,不论是他还是马林切,都可以安心了。

终于有人,一个中国人,即将揭开他们从未得知,而又死守过一生的石柱上的秘密。

正像几百年前那一天,巴拉穆对离世前的马林切所说,墨非的确是"太过邈远,但却因了缘分而奇怪"。

其实谁也说不准,中国人和印第安人真的是素无渊源、毫不相干?他们或许是同族同宗的兄弟,也未可知。据说喜马拉雅神山上的一块巨石,与秘鲁库斯科那世界闻名的石墙上的一块巨石一模一样,说它们孪生也不为过。如果那两块巨石如机制砖头一样中规中矩,一模一样也不足为奇,但那两块巨石,任凭天意,随形而生,一南一北,遥不可及,形状大小,难以描摹。何以如是?非鬼斧神工莫能。

你可以说喜马拉雅山上的巨石天然而生,误打误撞,但距喜马拉雅神山遥远又遥远的库斯科石墙所用石块,却是人工开凿,人工垒筑。而印第安人在垒筑一座神庙或一面石墙之前,必求太阳神的神谕。你又怎能说马林切和巴拉穆守护的这个石柱,在中国不会有个孪生姐妹,或同宗同族的兄弟?

当然,印第安人包括玛雅人、印加人,阿兹特克人等等分支,可是架不住人们因通婚、流窜、搬迁、战争而流动,还不是愿意住哪儿就住哪儿?那时既没有护照、户口、身份证的限制,也没有严格的国界。比如秘鲁的印加人,还不是从玻利维亚翻山越岭过去的?真有点儿世界大同的意思。

看来,秦不已在和老者对话时提出的那个问题,也有一定的道理——难道现今社会就比原始社会更好?

谁能说得清呢?

很可能,有道理和没道理,本质上是一回事。

那一夜,墨非十分沉默,没有与秦不已交谈过一句话,好像就此进入了另一个世界——而那个世界,没有秦不已的份儿。

那是他独自的世界。为此,墨非不知道应该感谢还是不感谢那个给予他这个独有的世界的力量……

清晨,他们终于等到一辆卡车,不用死皮赖脸,司机也很愿意帮忙,拿出有备无患的挂钩——显然抛锚的事时有遭遇——将他们那辆破车锁定,拖着下山而去。

一旦到了山下,那辆破车立马起死回生。

他们谢过卡车司机,临别时,秦不已又塞了一些钱在他手里。司机不要,她赶紧开着那辆破车,逃也似的离开了。司机口音浓重,在后面大声喊些什么,他们反正是听不见了。

在小旅馆住下,时间已然很晚,胡乱喝些土豆浓汤,又各自吃了块面包不是面包大饼不是大饼的东西,躺下就着了。

墨非睡得并不踏实。那石柱净在眼前晃悠,时远时近,终于,与那根非凡的翎羽重合在一起。此时,墨非似乎放下一个大心,可又悬起了一颗更大的心。

五

九月二十一日,墨西哥秋分前一天,两人到达了奇琴伊察,既是偶然,也是命定。

说偶然,是因为两人对旅游图书的忽略,他们根本不知道哪一天是墨西哥的秋分。这于墨非,是死缠在那荒野里的石柱给他的信息上,并被那点儿可怜的信息折磨得废寝忘食,一门心思想要寻访与那组数字有关的地界,顾不上开拓思路;而于秦不已,则是意不在此,除了地图,几乎不翻旅游书。所以他们也就没有注意到秋分不秋分,并刻意安排在秋分前一天到达,以躬逢世界闻名的蛇影显现奇观。

他们能在秋分前一天到达,不过是路程赶路程的结果。如果他们在山上抛锚时一直没有其他汽车路过,那就不知道还得在山上待几天,更不知小命是否能保。

说命定,是指后来墨菲的遭遇。

墨菲和秦不已没有休息,放下行囊,直奔库库尔坎神庙。

到了神庙底下,秦不已提出分头行动,她说:"我对库库尔坎神庙兴趣不大,最想看的是一旁的武士庙。"

据说那里有查克穆尔神的塑像,在人祭中被掏出的无以计数的心,首先就是放在他捧着的那个盘子里。

想必,那盘子里至今还能听到成千上万死去的心脏的搏动?

鉴于草丛里石柱上的那组数字,还有它直指一座燃烧的神庙的雕刻,墨菲执意先去探访库库尔坎神庙——不管此神庙是否就是彼神庙,都得一探虚实。

真猜不透查克穆尔神为什么以这样一种不舒适的姿态待着:身体呈弓形,半躺半坐,头部前钩转向一侧,双膝屈起,小腿后缩,脚踝垫于臀下;肘部着地,捧一托盘于腹上,除双手与腹部连在一起之外,全身再没有任何一点相互接触。

是在强调他无可节制的张力,还是在显示他的暴戾恣睢?

秦不已站在查克穆尔神雕像面前,那石质的、毫无生命的眼睛,依旧冷酷凶悍得令人心悸,又似乎在展示他笃定的期待。他在期待什么?她的心吗?

她禁不住凑上前去,将查克穆尔神手中捧着的盘子细细打量,再把耳朵紧贴在盘子上倾听。

没有,什么声音也没有。难道那无数死去的心,从来无怨无悔,没想过有一天来说个清楚?

为什么不想说个清楚?不求偿还血债,至少说明是非。

却又十分矛盾地想,为什么自己的心没有机会放在那个盘子里?如果有这样一个机会,那么自己这辈子也解脱不了的痛苦,会不会减轻一些?

据说,查克穆尔神那双西望的眼睛,凝望的是黑暗和死神。

秦不已围着查克穆尔神转来转去,这才发现,查克穆尔神的眼神儿岂止是对黑暗和死亡的唯一诠注?如果从其他角度来看,也是对黑暗和死亡毫无敬畏可言的调谑和挑衅。

对于自己这个发现,秦不已兴奋不已,就像遇到了千载难逢的知己、同谋。

如一般的雕像一样,查克穆尔神不过是座没有鲜活生命的雕像。可秦不已发现,查克穆尔神那双根本不可能转动的石眼,突然向她站立的这方转动过来,并在她身上稍作停留。那眼神儿,如同一枚无坚不摧的楔子,把她搜进了巨石铺就的地面,有那么一会儿,她再也动弹不得,似乎在等待他的发落。

难道这就是查克穆尔神对待知己、同谋的态度?谁知道呢,或许这正是他对知己的别一番爱护。

也或许她的时间到了?秦不已不觉嘘了一口气。

不少观光者从她面前走过,无不对这个神色怪异、紧贴查克穆尔神而立的亚洲女人留下了难以忘却的印象。

当晚,墨非没有回到旅店。秦不已也没有十分介意,作为一个男人,该不会在这方寸之地丢了自己。而自己,也需要独自回味一下白天的遭遇。

神庙以及神庙周边,那些存在了不知多少年的风格繁复、气势磅礴的建筑和雕塑,是大多数旅游者的兴趣所在,而不是墨非的。

谁能熬过岁月!

雕刻多已残缺。但任凭多少岁月逝去,那些羽蛇雕刻的眼睛里,仍然饱含着震慑人的,既不是善也不是恶,而是善恶混合的魔力。

如同他赖以生存的这个世界,赖以为生的人生。甚至,也许,他自己。

这个感慨,一瞬而已。

对与数字缘分颇深的墨非来说,库库尔坎神庙,更是解读古玛雅历法的词条之一。不正是古玛雅人,将他们的一部分历法资料储存在了神庙多处可读的建筑数值里?

比如,因各种推理、计算逻辑的需要,他们以某些数字为基数,以某个或某几个建筑数值为对应,推演出一个又一个公式……

这既是神庙的建筑根据,也可以说是古玛雅人的数字游戏之一。

不经意间,墨非抬头一望。这一望让他不禁一惊:远远望去,库库尔坎神庙,与他和秦不已在石柱上看到的那座燃烧的神庙,何其相似乃尔!

他丢下那些雕刻,眼睛眨也不眨,直愣愣地向着神庙走去。

到了神庙脚下,绕着它走了一圈又一圈,及至看到北面台阶下那雕刻的蛇头,墨非已无悬念,肯定无疑,这里就是他不远万里而来的终点。

他不紧不慢地往上登。

不是怕累,那几十个台阶在他真算不了什么,只是台阶的高度、踏面进深不太适合现代人的人体结构。那些台阶高度约二十六厘米,踏面进深约十厘米,以他四十四码的脚和过长的腿,不但得紧捎双腿,还得将脚丫子侧放于台阶之上,拧着身子往上爬。

他一面往上爬,一面细细品味那一个个台阶。

台阶有什么好品味的?

对墨非来说,那不是台阶,而是数字。不过遗憾的是,那是早就被人读烂了的数字。

有关库库尔坎神庙的介绍,全世界的旅游爱好者早已背得滚瓜烂熟——

比如它由塔身和神庙两部分组成,高约三十米,塔身的东西南北四面正中各有九十一级台阶,四面台阶加起来共为三百六十四级,再加上神庙顶部平台上的那层台阶,正好是玛雅太阳历一年的三百六十五天;

每面九十一级台阶两侧,各有九层平台,两侧平台加起来的数字为十八,正好是玛雅历法中一年的十八个月;

塔身四周,东西南北平台下的立面上,依次分布着浮雕,各为五十二片,对应着玛雅人历法中一纪五十二年的周期;

…………

不过,有人试图探索、解释过那五十二片浮雕上的图案吗?那些图案又隐喻了什么故事?为什么那五十二片浮雕不乘以四或乘以二,而台阶两侧的平台就乘以二?为什么那九十一级台阶就乘以四?……又似乎没有一定之规。

数学工作者墨非,很容易陷入这样的疑问,难以自拔。

但他很快清醒过来,使劲儿摇了摇脑袋,不能再在这里纠缠。再说他也并不认为,他要寻找的东西就藏在这些被用得烂熟的数字里。

可他要寻找什么呢?

自从与石柱遭遇后,石柱上那座燃烧的庙宇就把他和那个计算世界末日的公式纠缠在了一起。自看到库库尔坎神庙后,他便认定,那燃烧的庙宇,就是库库尔坎神庙的魂魄所依。

从来不为什么事情挂心,潇潇洒洒过日子的墨非,终于有了牵挂。现在他无时不在想,那组"可以带来幸运的数字",带来的难道就是找到那个公式的幸运?

不管信也好,不信也好,他在神庙上的行为有了目的,想要觅得一个奇迹——

既然古玛雅人把他们的一部分历法资料储存在了神庙多处可读的建筑数值里,并且因各种推理、计算逻辑的需要,他们以某些数字为基数,以某个或某几个建筑数值为对应,推演出一个又一个有关历法的公式……那么,神庙上的建筑数值都用尽了吗?会不会留存几个,有待后人开发?

墨非在神庙上流连很久,花费了很多时间,不是抠味上面的每条缝隙,也不是掀石掘地——他丝毫不考虑这样的可能,古玛雅人会像共产党特工那样,把情报藏匿在哪道夹缝里。所以他对塔身周遭那些数不清的石头缝,没有投入些许注意。他想,以古玛雅人的数学天分,他们肯定还会和后人玩儿一把数字游戏。

确认那些建筑数值不难,再发掘几个玛雅人没有用尽的数值可能也不难,只须在神庙各个建筑角落耐心测量就是。

难就难在确认那个计算公式的基数。

所以他对神庙上的一石一瓦在各个角度上的建筑数值,不厌其烦地一一探测,而后又将这些数值与那组"可以带来幸运的数字"在可能的对应关系中进行假设……

然而,然而……他不得不无奈地承认,他花费的这许多时间,不过是用来确认自己种种假设的无稽。

最后他断定,在这些"死"东西里,是不可能再找到什么线索了。

其实,只差一步之遥。

然而,有时,一步之遥就是永生永世的隔绝。

当他沮丧而又精疲力竭地躺倒在塔身顶端的神庙里时,才发现天色已晚。

登上库库尔坎神庙没有什么稀奇,稀奇的是,墨非睡在了顶端的神庙里,也就是说当晚他根本没有从神庙上下来。

他一面享受着这个独一无二的夜晚,一面调侃自己此时的作为。

在中国,"大众"这个词儿的另一种解释应该是:最拿规则当狗屁的人群。

西方舆论界老说中国人最不自由,那都是胡说八道。其实,哪个国家的人,也没有中国人的胆量,敢如此这般地拿"规则"开涮。

对中国人来说,很多看似不得了的规定,其实都算不得什么规定。

比如,有人统计过吗,在红灯亮了不许通行的十字路口,有几个人规规矩矩地站在那里等着绿灯?就连无时不在参照法律行事的老外,到了中国也入乡随俗地对具有次法律意义的红绿灯视如敝屣,在红灯亮着的情况下,横着膀子平蹚十字路口。

凡是需要循序渐进的地方,无不义正词严地写着"请排队",可有几个人把这条规则当回事?

党和政府三令五申不许贪污,贪污却成为比癌症更难以根治的病毒。

此外,只要你没有当 CNN 政治栏目电视主持人的远大理想,私下里,你就是世界上最享有言论自由的人……

而犹太人是世界上最聪明的民族之说,恐怕也是以偏概全。

对中国人来说,世上哪有办不到的事?——

倒卖毒品技艺之高,让世界上任何以破案率高而自豪的警方挠头;

唐人街上的自制电话卡、信用卡,也充分展示了国人复制方面的天才……

凡此种种,墨非自视清高地绝不沾边儿,而留在神庙上过夜,虽有那么点儿不合乎规矩,却与陋习无关。

自然,管理人员清场时没有发现留在神庙上的墨非,也就不在话下。

他必得在神庙上留守这个夜晚。

不知道其他星球上是不是也有生物,那里的情况又是如何?而在地球上,黑夜是一个容易发生点儿"什么"的时间段。

而那些"什么",又差不多都是与人类、与光天化日,需要保持距离的"什么"。

别看留在神庙上过夜最后墨非还是感到了困倦,但却难以入睡。不是因为蚊子和潮热,也算不上特别激动,而是不安宁,就像有什么磁场在干扰他的睡眠。

看看远处,月光在武士庙白色的千道廊柱间投射出变幻莫测、几何形的暗影。在暗影间隙穿行的月光,忽明忽暗,似有无数幽灵飘忽其间。

廊柱显得比白日里高耸许多,几乎直插天际,兴许是月光制作的幻象。

抬头仰望,嚄,挤了一天的星星,璀璨、硕大,淬过火般地冷硬。墨非从没见过这样多、这样大、离他这样近的星星。这些星星,哪里仅仅是俯视他,而是在抚摸他。

在墨非有限的生命里,他所见过的星星从来与他没有任何关联,它们交错地待在天上,稀落、冷清、遥远。而现在的星星,一颗颗显出了各自的个性,并向他伸出了臂膀,而那臂膀一点儿也不冷硬。

星星后的天空,也似乎可以触摸,那一定是天空的幽深误导了他的感觉。墨非想到了"深"和"远"这两个字的区别,有时"深"可能就是"远"吧。

"深"和"远"的后面是什么?颇费猜测。

不用猜测,它来了。

墨非听见了脚步声。那不是人的脚步,也不是神的脚步,那是时光返回的脚步。

顷刻,有无数心脏追随这脚步,从四面八方走来,列队成行,默默地走向武士庙。星星们则俯下身子,低低地环罩着它们,有些竟坠落在那些心脏行进的前方。是送行还是阻拦?

原来这些心脏从没安息,它们以这种方式活着。在每个有星光的夜晚,它们便会从远方回到这里,以证明人祭的残酷无稽。

而此时,一个云朵被挤出幽深,不合规矩地落下,擦过墨非的头顶,如同云朵的一个吻。

随之,一团老迈的雾渐渐显现,走近。该不是那团老迈的雾,把那云朵挤落?

还是用"他"来称呼那团老迈的雾吧。

他老了,真的老了。可怀里还抱着玲珑剔透的月亮,缓缓地、蹒跚地走来。而月亮,也令人羡慕地好不安恬地躺在他怀里。

可老迈的雾,分明是要把怀里的月亮交付给谁。

墨非看见自己,拦也拦不住地向那团老迈的雾走去。当他们相遇时,老迈的雾什么也没交代,径自把月亮放在了他怀里。

看不清老雾的眼睛是否因恒久的守候或别离而忧伤。它隐藏在了幽深的后面。

就在墨非低头去看那落在怀里的月亮时,却发现一切不过是自己的幻觉。转瞬之间,老迈的雾也好,月亮也好,都消失得无影无踪。

抬头仰望,只有拥挤的星星还在。但墨非明白,星星们也已离去,没有一点声息地离去了。

墨非没有说再见,哪怕心里都没有说。有些人和事,是说不成再见的,你和他们根本不可能有再见这种往还。

今生今世,这是他的唯一;明天,一旦从神庙下去,就是永别。那是另一种死别。

第二天,秋分。下午四点半,准时准点,库库尔坎神庙正北那一面台阶的西侧,霎时出现一条由七个等腰三角形组成的光带。

这光带是从哪里来的?

墨非环顾四周,原来是台阶西边九个平台的边线以及平台的断面,在夕照映射下形成的投影。奇怪的是,他感到从西面来的并非只有夕照一个光源,似乎还有别的光源与它交错,才形成了这些等腰三角形。

那些光源又是哪里来的?墨非再次环顾左右,并未发现任何迹象。

光带也非静止不动,而是如有生命般地蠕动起来。

这条没有生命、没有实体、没有外力作用的光带,为什么会蠕动?

当墨非还沉浸在这个疑问里的时候,光带已嗖的一下蹿至台阶底部,与那里雕刻的血口大张的蛇头衔接在一起,顷刻间变身为一条巨蛇。

被秦不已射杀的那条巨蛇的血迹,也正是这样,从石柱上那燃烧的庙宇顶部弯弯曲曲向庙宇底层流去,并与庙宇底层刻着的羽蛇头连在一起。

不过除了这蠕动的蛇影,不论从哪个角度看,库库尔坎神庙上都看不到庙宇燃烧的景象。那么,石柱上燃烧的神庙,诚如墨非猜想,仅仅是个隐喻了?

再仔细察看,蛇影何以蠕动?

原来随着日照渐渐西下,那由夕照制造出来的投影也随之一同沉浮。不过这只能造成蛇影的浮动,且速度缓慢。

除了投影制作出的七个等腰三角形,九层平台一层又一层的棱角,在夕照的作用下,呈波浪状投射在台阶的西侧墙上。波浪状的投影柔和了棱角的尖利,那投影也就如一波又一波的流水……牵强附会一些,则又可看作是羽毛附着在光带一侧,于是那条"蛇",也就成了带羽毛的蛇——羽蛇!

而用来垒筑台阶侧墙的大大小小、规则或不规则的方形石块,看上去可真像蛇身上的鳞片,更让这条由影像而成的"蛇",显得惟妙惟肖。

两个小时过去,由七个等腰三角形组成的蛇影还在摆动着,丝毫没有倦息的意思,它的摆动将分秒不差地持续三个小时二十二分钟。

它不息的摆动,让墨非感到些许眼晕,可还是眼睛眨也不眨地盯着那条"羽蛇"。不知是他眼晕,还是果真如此——

那七个等腰三角形在蜿蜒下游时,与"羽毛"之间的接触并非严丝合缝,而是有所空隙。那空隙很小,也不是从头到脚成一直线,而是断续得有规有矩。

比如,具体到一根"羽毛",与七个等腰三角形底边的接触是有选择的,这一秒钟为第一、第三、第五、第七个等腰三角形的底边……下一秒钟或许就是第二、第四、第六个等腰三角形的底边。

不但如此,各个等腰三角形之间似乎也有分工,比如这一秒钟是奇数等腰三角形的底边在工作,而其他的等腰三角形的底边便长驱直下神庙底部。下一秒或下两秒钟,或许就是偶数等腰三角形的底边在工作。由于蛇影不停地蠕动,奇数等腰三角形这一秒或许摇身一变为偶数,偶数等腰三角形或许摇身一变为奇数……

如此这般,才会形成"摆动"!

这既是光与影的效果,更是计算的结果。

计算!想到这里,墨非心有所动。

难道仅仅是为了让这条"羽蛇""摆动",古玛雅人才进行了如此繁复的设计?

一定另有所图!

墨非又想到了那个计算世界末日的公式。

这"羽蛇"的一举一动,其实是有一定规律的。然而这规律因变动频繁而显得非常复杂,难以掌控。

联系到古玛雅文字,不但每个字母的发音以及它们的时态变化、句式结构全无固定程式,而且它的语法,居然是跟着玛雅太阳历的变化而变化。他们的太阳历,一年为十八个月,也就是说,那些无固定程式的字母发音、时态变化、句式结构,也许还要和"18"排列组合……

墨非不能不想,所有这些,无一不是对人类耐性无所不用其极的考验,而古玛雅人却乐此不疲,难道这是他们的嗜好不成?

　……………

　总而言之,光照的变化,才是点睛之笔。如果没有光照,连这条"羽蛇"也不会出现。而光照最重要的配角,是那些平台的边线和棱角。

　到了这里,墨非才猛然醒悟。他错了,他真是太没有想象力了——与那个基数对应的数值,不仅可以藏在神庙的建筑里,还可以藏在这流动的光影导演出来的若干数值中!

　睿智的古玛雅人就是这样不断变换风格,打一枪换一个窝,让人难以捉摸。

　难怪他们煞费苦心,设计了这条低调的、每年只在春分秋分才出现的"羽蛇"。

　联系到玛雅人一年三百六十五天、十八个月的历法,一纪五十二年一周期的简约算式……

　简约!他怎么忘了"简约"!那个算式也必然是简约的。

　墨非排除了在台阶西侧的繁复景观上寻找线索的可能。

　那么台阶东侧情况如何?

　台阶的东侧墙,在夕照作用下,于平台上投下一道长长的暗影。投影从上到下,被台阶上的九个平台拦截为九个大小不等的不等腰梯形的投影。

　台阶高度为二十六厘米,踏面进深为十厘米,它们之间的连线大约为十八厘米,这里是九十一个"18",得数大约就是台阶侧墙在平台上的投影长度。不论西边的光照如何下沉,这条投影的长度和梯形的高度是固定不变的,从而推算不等腰梯形上的某个数值,不是很难。

　但这些不等腰梯形的其他数值,随着日照渐渐西下却在不断变换。比如：不等腰梯形的上下底边、底边与断面垂直线的投影夹角、梯形的面积等等。也就是说，这里能变化出难以尽数的不等腰梯形。

在那难以尽数的不等腰梯形里，以哪个不等腰梯形的夹角、边长、面积……为变数？

而常数又是哪一个？

基数呢？

是哪些数值的相乘相除、相加相减，才能与那组"可以带来幸运的数字"发生关系？

且慢，且慢。不对，不对。差一点儿就误入歧途。

不能因为台阶西侧的数值过多，变动过于繁琐，就认定那个公式只能和台阶东侧的数值有关。

如果这样，古玛雅人为何制造那条"羽蛇"？千万不能忘记，那可是他们最崇拜的神灵，也应该是追寻那个公式的基本出发点。

墨非又回过头去，研究台阶西侧的景象，并且按照简约的原则，逐一使用合乎简约那一原则的数值进行推算。

没有一根筋的秉性，谁可能坚持下去？

……最后，他蒙对了！

只能说"蒙"。只是直觉在引导他，根本没有任何数学逻辑为依据。

直到很久以后，墨非才能更加深刻地领略那组"可以带来幸运的数字"的奥秘。果然如他曾模模糊糊感觉到的那样，这组数字只能与具有"大意义"的答案有关——

比如说，它既是金星"佐尔金斯"的周期 260×5256 的结果，又是地球年的地轴周期 365×3744 的结果，又是水星天象周期

584×2340 的结果,又是火星的天象周期 780×1752 的结果,又是地球年和金星天象的共同周期 18980×72 的结果……

不过这是后话。

当"羽蛇"蠕动了三小时二十二分钟,最后随暗淡下来的光影消散之后,墨非终于得出人们追寻了不知多少年的那个公式!

真是"众里寻他千百度,蓦然回首,那人却在灯火阑珊处"。

墨非自然兴奋、欢喜异常。他证明了自己。岂止是证明了自己的能力?他还证明了自己的一生"不虚此行"。试问:世上能有几个人,可以说自己的一生"不虚此行"?

还有什么满足比这个满足更为精彩?

但墨非既没有发出一声欢喜若狂的号叫,也没有向神庙下的人众急急宣告,他更不打算向数学研究所的领导汇报。

不,他绝对不能这样做。这不是他个人的事,因为他应允了一种担待。

墨非不相信他是第一个偷偷留在神庙上,并从神庙之上往下观看蛇影蠕动的人。只不过在这之前,他得到过不止一次的启示。

这一瞬间,他想起了很多,原来一切都有定数,甚至——

在他那廉租公寓里,夜夜听到的排箫。

"0"旅店里看到的那本闲书,尤其是闲书里夹着的翎羽。

那火山口,到底是地球无数耳朵中的一个,还是无数嘴巴中的一个?直到现在,他也不能肯定。就在那里,一个虚无缥缈、充溢于天地间的声音,断断续续地在他耳边说了些什么。那时他悟到,那是一个不知来自何处、何人的嘱托。尽管到了现在,他也不能明确地说出那嘱托是什么,却十分了然,那是何等郑重其事的托付。

墨西哥城那位被他打断话头的老者,想必早就知道答案,他不但需要一个活生生的、现世的人,来证明古玛雅人的优越,也许还像《孟子·告子下》中所说:"故天将降大任于斯人也,必先苦其心智,劳其筋骨,饿其体肤,空乏其身……"

也想起那老迈的雾,和"他"丢在自己怀里的月亮。

他们选中自己,想必是对自己的前生今世有着通透的了解,才将这样的重任托付。

…………

凡此种种,无一不是库库尔坎神庙上的另一组"台阶",引导他一步步走近这个公式。

如果他到处招摇这是自己的发现,那与剽窃他人成就的卑鄙、下流、无耻行径又有什么区别?

这是墨非的人格和道德准则。

还有他对数字的悟性。

这悟性并非他原来对数字那些调侃和滥情式的形体描绘——"8"的性感,"2"的奴颜婢膝,"3"的内敛与老谋深算,"1"的傲然枯燥和毫无道理的目空一切,"5"的奉公守法……而是他对数字那份特殊的感情,在此时此刻的应验。

然而,毕竟他是如此欢乐,却又不知如何宣泄,只得张开两臂,无声无息地仰面朝天。似乎只有无边无际的天空,才能承载他巨大的欢乐。

天色已暗,但是晴朗,万里无云。

此时,一道强烈的闪电划过,后面却没有紧跟着狂风暴雨。

那闪电像一阵掌声,或许是奖励,或许是祝贺,急速闪过,甚至没有第二次。

但已足够。

回程顺风顺水,秋日景色,更是令人心旷神怡。

"斑斓的树叶就是秋天的脚步,秋天就是踩着这些树叶来的。"秦不已说。

她的心情非常之好,自然因为墨非的不虚此行。同时也为墨非十分冤屈,她不知道自己是否应该把那个消息告诉墨非,如果告诉他,肯定会使他十分扫兴,甚而沮丧。

想想,还是算了吧。

"谢谢你,特地为我绕了这么多的路。"墨非很少说"谢谢"这样的词儿,说起来竟有些腼腆。

"你怎么知道我没有收获呢?"

又是她的玄虚。

库库尔坎之后,他们就要分道扬镳了。墨非得回北京上班,秦不已将继续沿海岸前行,她说过:"我有差不多半年的时间,可以在外面瞎逛。"

秦不已说:"总算在秋分前一天赶到此地,总算没有辜负你。"

"岂止是没有辜负!"

"什么意思?"

是啊,什么意思?墨非也有些意外,自己怎么能说出这句话?有点儿像调情了。怎么会呢?秦不已固然有不同一般女人的迷人之处,可依恋却并不引起情欲。

只是想不到,自己对秦不已,竟有了些许不舍。

自库库尔坎神庙上的一番经历后,墨非似乎换了脑,从前那对飘忽不定的眼神儿,也似乎有了内容。

这种内容,未必需要人生的种种历练方才得到,也许就是一瞬,一个下午。

那么,是什么让他不舍?爱情吗?

他们这一代,不要说与天长地久的爱情,就是与三个月的爱情,恐怕也已无缘。他们早已失去承担天长地久这种爱情的能力,即便有人赌咒发誓天长地久,听起来也像个"大忽悠"。

至于情人节那天,给某个女孩儿送上一朵玫瑰,要不在卡拉OK唱唱什么"等着你回来"……不过都是爱情小品。

那么是友谊?

似乎也不是。

友谊也好,爱情也好,那都是雅士时代的文化。而如今,已是普罗文化的一统天下。普罗文化讲究的是现世现报。

…………

到了,墨非也没闹清他为什么不舍。

可能是那种比友谊多一点儿、比爱情少一点儿的"微妙"? 不知他人如何,对他来说,这点儿"微妙",也让他平添了一种"担待"。

对什么的"担待"? 又是一个说不清。

只能说,墨非是一个对"担待"有特殊兴趣的人。比起"责任"二字,他更喜欢"担待"。"担待"里有一种江湖的义气、豪气。"责任"就太有境界了,墨非自认不是那有境界之人。

相处二十多天,如果让墨非拿起画笔给秦不已画一张素描的话,没准儿能画得头头是道,可在他心中,秦不已的面貌绝对模糊不清。如果日后某一天,想起给了自己如许帮助的秦不已,怕只会是个影子。

"真不知如何感谢你才好,留个联络方式吧?"

只见秦不已沉思了一会儿,似有所动,但最后还是说:"咱们能够相逢,还能携手同游,靠的是缘分。如果有缘还会再见,你说是不是?"

如果没缘呢? 显然就不见了。

墨非尽管有些尴尬,还是一个不勉强。

又是爬坡。他们要经过的小城就在山上,山坡是不得不爬的。翻过这个山坡,就是一个有机场的城市了,从那里再转一次飞机,便可直达北京。

这次倒没抛锚,很快就能到达那个他们不得不停一夜的小城。

沿途风景很美,尤其是那些云,随心所欲地想给你表现个什么,就给你表现个什么。有一块云,简直就是在弹奏钢琴的贝多芬,瞧他那个不算单薄的肩胛,可不就是为演奏那些雄浑的交响乐准备的!

一个弯处,有块并不起眼儿也不够大的标牌一闪而过,墨非根本就没看清那是个什么标牌,想必广告就是。秦不已却吱嘎一声,来了个急刹车,然后快速倒把、后退,直到又返回那个标牌——

"嘿,这里也有个中国餐馆。看来,天下只要有麻雀的地方,就有中国人。你也多日没吃中餐了吧?"说着她看了看手表,"今天来不及了,还得找地方给汽车加油……谁知道加油站在哪儿呢?少不了还得费工夫……明天吧,明天咱们来顿中餐,算是给你饯行。"

尽管心中装着对秦不已的些许不舍,可也没耽误墨非的睡眠。

库库尔坎之行,了却他一大心事,一路的牵挂,就此画上句号。更幸运的是,他也不打算让破译这个谜底的事儿,为自己的前程带来什么好处。

除了秦不已,他绝对不会让其他人知道这个秘密。

看看这个不堪的世界,如果有人知道了这个公式,还不知道要对这条准时准点出现的蛇影做出什么可怕的事呢！也许那才是它真正的毁灭之时,自己岂不成了有负于玛雅人的千古罪人？

而那蛇影又是多么的知情知意。自秋分那天后,那条沿库库尔坎神庙台阶款款而下的蛇影,一到晚间,便准时进入他的梦中,从未缺席。他已适应了每个夜晚与那蛇影的相遇,就像日月的起落……

梦中的它,一点都不狰狞,似朋友,如知己,且光色充盈,似一条自天而下的宽阔灿烂的光带,时而近时而远地在他周围遨游。

是啊,在如许漫长、无可追寻的年代里,却没有一个人知道,它一年又一年不辞辛苦地游动于神庙之上,为的是什么。

无以计数的血淋淋的心,白白祭献给了太阳神,却不知道,无论如何,人类不可能挽救地球终会灭亡的事实。

正是墨非,使它见了天日。不然,它和死灭又有什么不同？

即便与此同时,墨非又验证了它的死亡,但毕竟在他的破译下,它在一个世人的眼前"活"过了——至少在这个不争气的世界上,有一个人认识了它。

值得庆幸的还有,墨非也为那个叫作马力奥·佩雷兹的神父讨回了公道。

没有,马力奥·佩雷兹神父没有烧毁这个计算公式。这个计算公式从来就没有见诸石柱或其他文字。公式隐藏在库库尔坎神庙的春分、秋分时刻,那蛇影从神庙上端游向下端的影子里！

几百年来,即便入土也未得安宁的马力奥·佩雷兹神父,应该安心地睡了。

第二天,墨非睁眼向窗外一望,黑云不怀好意地挤压在窗前,似乎在窥测一个合适的时机,嗖的一声便从窗口挤进。

不一会儿,漫天又是雾又是雨了。这种天气如何出行?他们又是住在山上,下山的路就更不好走了。墨非想,秦不已一定会取消那个安排,吃什么不是吃?出门在外,填饱肚子就行。

再说,这一路险情迭出,意外不断,哪个人的精神在承受了那么多的重负之后还不得好好休养休养、放松放松?

于是便赖在床上,似听非听风雨翻江倒海的轰鸣。没想到这惊天动地的声响反倒有催眠作用,不一会儿墨非又睡了过去。直到秦不已敲门,他才醒来。

秦不已在门外说道:"还没起来啊,都什么时候了?快穿好衣服走吧。"

等他睡眼惺忪地走出门来,秦不已已然全副武装地站在小旅馆的廊子下了。她精神抖擞,双目闪光,只是那不是人在正常兴奋下的闪光,而是一夜没合眼后有点儿不正常的闪光。

他关心地问:"昨夜睡得好吗?"

"好。"那断然的回答,既是分辩,也是掩盖,偏偏不是他想要的真实。那么真实是什么呢?——"是,我没睡好。"即便秦不已那样说,又如何?

有时候,真实,其实是很没分量、很不必要的。

墨非只能更关心地看看她。对这种女人,即便有所关爱,也只能落得个无奈。

"我来开。"秦不已果断地说。显然,车加过油了,什么时候加的?在哪儿加的?也许她昨夜就冒着大雨去找加油站了。

墨非没有多问,也不好意思问。本来秦不已是陪他到这个地方来的,结果一路上他这个男子汉反倒处处要她照顾。

秦不已再也没征求他的意见,就这样义无反顾地上路了。

征求什么意见?墨非又有什么拿得出手的意见?他并无明

确目的,即便为那根翎羽奔波如此,也是半路杀出来的。

再说,他多少有些迁就秦不已。既已受惠于秦不已多多,如何能再额外要求什么?

不能不佩服秦不已的车技。

山路既滑,还又陡又窄,仅够一辆车通行,如果与对面开来的车错车,只能凑到一个特定的较宽的地方。即便如此,也非常危险,一路上他们只看见三四辆车,谁愿意在这样的鬼天气出行?

多处拐弯儿,都是硬碰硬的硬弯儿,大约只有三十度。这样的硬弯儿拐起来,一不小心就会拐下山涧。

加上一路净是下坡,车轱辘免不了打滑,可秦不已真是好手,即便如此,车速也并没减慢,竟安然无恙地开了下去,那架势,哪像是去享用一顿可吃可不吃的中餐!

与其说她想吃那顿中餐,不如说她满怀心事。好像牵系她一生的某个谜底,就在那个饭馆里待着,等她去拿。

这是怎么回事?不论他或她,他们一路都在寻找谜底。

快到小饭馆之前,秦不已突然停下车,下巴抵在方向盘上,两眼视若不见地说:"你看,心里真有点儿过不去,这样的天气,把你拉出来,车路危险不说,饭菜未必就好。为什么呢?我也不知道,也许是说过的事要尽量做到。可一切允诺都要兑现吗?"看起来,话是对他说的,但完全可以看作自言自语,然后她摇了摇头,继续开车。

小饭馆地处悬崖,或是说,摇摇欲坠地坐落在一块几乎要飞出去的巨石之上。说不定,随着人群这边那边地落座,这饭馆就会像压跷跷板,在悬崖上翘来翘去也未可知。

也不知道老板怎么想的,是想以奇制胜,还是因陋就简,地皮便宜?

招牌上写着当日供应的菜肴和价目。不多,也就是五六个菜式,再看,还有几张桌子而已。尤其这个天气,除了他们二人,根本就没有其他顾客。

他们选了一张靠窗的桌子坐下来。

秦不已问他:"想吃点儿什么?你不也是很久没吃中餐了吗?"

"随便。"

"你知道,西方人在征求中国人意见的时候,最不喜欢听到的回答就是'随便'。这种回答等于没有回答,人家还是不知如何办理……既然如此,那我就点了。"

她点了什么,墨非已记不清了,只记得有一道鱼香肉丝。如果不是后来发生的事情,可能他连这道菜也记不得。

墨非有点儿怪异地看着她。吃什么不是吃?特别是菜单上没这个菜,是不是有点儿任性?

说了归齐还是女人。什么是女人?女人的特点之一就是任性。再说这样的小馆子,能做出什么可口的菜?秦不已对这个小馆子抱的希望也太大了吧。

本地籍的店小二,用当地语言困难地重复着这四个陌生的音节,然后说:"对不起,这是菜单上的菜肴吗?"

"不是。不过你可以问问大厨,是不是可以特地给我们做一份儿?"

店小二是个年轻人,见到秦不已很有些兴奋,自然也就殷勤,又没有其他顾客,招呼得自然就很周到。"好吧,我去问问。"

不一会儿就回来说:"大厨,也就是我们老板,说尽管菜单上没有,但他可以特别为您做一道。"

"谢谢你们老板。"

之后,秦不已就托着下巴,看似不看地盯着窗外的景色。

海浪在狂风的煽乎下飞溅出意想不到的高度,甚至越过了悬崖,然后以震撼的轰鸣披头散发地落下,小饭馆便像笼罩在了水帘洞里。本似摇摇欲坠的小饭馆,简直就要从悬崖上掉下去了。

饭店里暗了下来,一片让人郁闷的气氛。

这时,墨非看见有人从后厨往餐厅里张望。看不出是什么人,但显然是想看看点了鱼香肉丝的客人何许人也。在这个偏僻的小地方,哪个当地人能点出这道菜?肯定中国人无疑。

那个影子一闪,很快就不见了。秦不已仍然托着腮,若有所思地看着窗外的狂风巨浪,时而嘴角闪过一丝莫名的笑意。

鱼香肉丝端上了桌。说是中餐馆,可惜没有筷子,还是刀叉伺候。

秦不已看了看手里的刀叉,说:"有点儿不搭调,咱就凑合吃吧。"

墨非拿起叉子,叉了一块古老肉。也就那么回事儿,更让他觉得这一趟冒雨行车的不值。可也没有说什么,反正明天就拜拜了,还有什么可说的呢?又不是什么要命的事。

秦不已直奔鱼香肉丝而去,似乎急不可待地吃了一口。她就那么想吃这道不起眼儿的菜吗?

一叉子进嘴后,秦不已神色大变。菜里面有什么问题吗?苍蝇?钉子?太咸?塑料绳头儿?

"怎么,菜里有问题吗?"

秦不已没有回答,只无声无息地放下了叉子。

她的无声无息,倒让那叉子有了千斤重量和惊天动地的响动。而她也像死后重新投胎一般,再不是这二十多天朝夕相处的她了。如此陌生,如此阴气缭绕,简直就是一座坟墓。

可能是钉子。那可就麻烦了。墨非马上放下叉子,站了起来,说:"要不要上医院?"

她做了个阻止的手势,慢慢起身,向小饭馆的后厨走去。想必是找大厨,也就是老板抗议去了。

见她走路如常,又想,也许情况不怎么严重?

秦不已进入后厨之前,回头看了墨非一眼。那眼神儿就像临死前的托孤,让他毛骨悚然。

这一眼,墨非日后从来不曾忘记。

墨非不知道,自己是该随她进去,还是不该随她进去。根据这些天和她的接触,还是不随她进去为好。但他开始坐立不安。

他就那么站着,等候着再一个意外,等候着为那个意外付出一个男人的担待。

就在此时,他看见秦不已和一个有些佝偻的老男人从小饭馆后门出去了。他们走到悬崖边上停住。

有什么话不能在饭馆里说,非得到悬崖上去说?投诉一道菜有问题,也不至于这样大动干戈。

情势十分可疑。不,好像不那么简单!墨非再不能站在一旁不管不顾,也冲了出去。

他们面对面地站着。背后是惊涛拍崖,头上是乱云飞渡,高高飞溅的浪花劈头淋下,淋湿了他们的头发、他们的衣衫。头发紧贴头皮,衣服紧贴在身,像刚从水里捞出来的两个人,面色惨白,谁也不说什么,可又像说了很多很多。

是的,什么也不用说。秦不已只是看着对方那双手,手指仍像当年让她沉沦时那样修长,即便长满了老年斑,魅力仍不减当年。

秦不已一直不能明白,让一个人沉沦的缘由就那么简单,那么轻而易举——只是十个修长的手指……

那在她梦中无数次出现的手指,那让她爱到恨不得一刀刀把它们一个个剁下装进自己怀里,永远据为己有,再也无法逃离的手指。

…………

这时,墨非见秦不已突然从腰后拔出手枪,缓缓举起,轻描淡写地瞄准了那个老男人。

她又似乎不想即刻开枪。当然不是为了给对方一个讨饶的机会,而是在观赏这个老男人终于面对死亡的心绪,真像猫儿捉到老鼠后的戏耍。

墨非看不见秦不已的面孔,但从她后背,从她衣服上的每一个皱褶,都能看出何谓残忍。

老男人也不打算回避死亡,或是知道逃也无处可逃,就那么佝偻地站着,既不看秦不已,也不看对准他的枪口,而是早就料到如此地看着远方。

无论如何,这是谋杀。不管什么天大的理由,墨非也不能眼睁睁地看着秦不已终了被诉诸法律。

他快速向前跑去,想要拦住秦不已。可没等他近前,秦不已把手枪往后一甩,扔在了距他很近的地方。墨非那提溜着的心,方才落了下来。

可是没等他喘上一口气,又见秦不已双手插在裤兜里,一步步向老男人走去。难道她裤兜里还有一把枪?

她不慌不忙,走得很慢,好像在欣赏一幅赏心悦目的图画。而她的脚步似乎就是他们的语言,一步一步地诉说着只有她和这个老男人才懂得的故事。墨非清楚地明白,这是一场即便他人在场,也耽误不了的绝对不能懂得的交谈。

老男人一步步向悬崖退去,明知没有退路,却也没有恐惧,不过一脸的百味杂陈,像是知道还债时刻已到。想必他欠了秦不已一笔需要用生命来抵还的大债。

……墨非猜到了秦不已的动机。没有,秦不已的裤兜里没有另一支枪。

他立刻冲了上去。

几乎就要揽住她身体的时候……秦不已后脑勺儿上像是长着眼睛,绝对不肯给墨非任何机会,猛一个腾跳,死死抱住老男人,两脚一蹬,二人双双坠入大海……

墨非不知所措,目瞪口呆了几秒钟,然后大喊店小二,让他赶快给警察局打电话。

店小二不懂英语,但是眼前的事用不着翻译也能明白。

这次店小二反应非常敏捷,不像刚才乍听鱼香肉丝时那样不入流。

而后墨非又赶快跑到悬崖边上。以为自己可以有所作为,但是往下一看,除了翻白的大浪,那两个落水之人早已了无踪影,即便他不顾水情,跳下去救人,怕是也无从救起了。

警察很快赶来,他们自有救人的办法,先把钢丝吊下悬崖,又有水性好的潜入浪下,在岩石夹缝中,找到了秦不已和那个老男人。

秦不已被卡在岩石当中,头部受了很重的伤,但她没有放手老男人,这样,他们才没被汹涌的海浪带走。没有受伤的老男人却没有了呼吸,像那样上了年纪的人,是经不起什么风浪了。

秦不已被及时送往医院。她失血太多,需要赶紧输血。

第 五 章

一

四周如此寂寥。不要说鸟儿,连风都歇息了,想必夜已深沉。

只有监护器发出的滴滴声,犹犹豫豫,很不自信地报告着此分此秒秦不已生命的安危,且随时准备宣告过时不候。这真怪不得谁。试问,谁敢对这样一颗不肯稍作努力的心负责?

秦不已的心,毫无规律、随心所欲地跳动着,时不时还停顿下来,仿佛在思考:继续跳动下去,还是就此罢手?

出现在眼前的景象却十分错落、复杂。旺盛,强烈,活跃;或景物,或事件,或人物……浮动上下,浑然一片,深刻难忘而又无法确辨。只有一双眼睛比较清晰,距离也很近,那是谁?……好像是旅伴墨非,眼睁睁地俯视着自己。除此,什么也没有了。难道墨非也遭遇了什么,只剩下了一双眼睛?

哦,是墨非。有那么一会儿,秦不已清醒过来。

在这没人可以重复的时刻,一个如此陌生的人守在身边,真有些匪夷所思。

是为她送葬,还是来倾听她死前的忏悔?

不,她不需要任何人来充当那个听她死前忏悔的神父。她已长跪不起二十多年。如果一个人,能勇敢地对着自己的灵魂长跪不起,他就再也用不着向任何人忏悔了。

再说,有哪个神父,担当得起她的忏悔!

可怜如此湛蓝的海,不得不吞下人类社会吞咽不下的各式各样的污秽,包括她丢进去的自己和继父。

而海,难道不应该是洁净的?

她怎么没有一起死掉?不要紧,当时没有死去,并不耽误她马上就要死去。感谢她的 RH 阴性血型,这个血型会帮助她完成最后的一章。

RH 阴性,是红细胞血型中最为复杂的血型,兼容性太差,就连它自己的兄弟 RH 阳性也很难兼容。秦不已的性格也好,人生也好,似乎都是这种血型最好的注释。

她的直觉没有欺骗她,继父果然活着。

可不,继父就是那只公螳螂,可惜那时她还没有成长为一只母螳螂。继父一定想不到,如今她已成就为一只货真价实的母螳螂了。此时此刻,如果能与"过去"重逢,而不是与继父重逢,该有多少可能?

经历过的男人也不算少,可是没有哪个男人能在性游戏上将她带入那个极乐的世界。

不过也许是她错了。当时只有十二岁,没有开发,没有经验,没有比较,给她什么就是什么。所以那些事留给她的感觉,很可能是想象大于实际。

她只能带着这种先入为主的经验,衡量、判断,也许是误读后来遭遇的男人。

二十五岁那年,大学毕业后不久,终于对一个演奏大提琴的男人动了心,真动了心。表现在有了思念和惦记,而不仅仅是下了床就翻脸不认人。

刘畅是个没什么心计的男人,大大咧咧,吃饱了就拉琴。衣衫褴褛谈不到,但除了夏天的T恤牛仔裤,冬天的夹克套头衫,再无其他服饰。除非演出时换上一套乐团的制装,面貌才会有所改观。可是乐团不供应鞋子,所以刘畅的鞋子便惨不忍睹。好在他是最后一把大提琴手,不但有大提琴的琴身,前面还有的是大提琴手挡着,观众跟他无仇又无冤,人家干吗非要拧着脖子,非要找最后一名大提琴手的皮鞋看?

即使情人节那天,也不会在一个浪漫的处所订一套情人套餐与秦不已共度良宵;约会时不要说提前恭候,甚至经常迟到;永远想不到为秦不已准备一把有备无患的伞,以抵挡突如其来的太阳或风雨;更不会为秦不已买上九十九朵玫瑰……这些所谓浪漫的事,音乐呆子刘畅全不在行。好在秦不已也不像许多小女人那样,净在这些鸡毛蒜皮的小事上做文章。

唯一能博得秦不已芳心的,就是闷头儿拉琴。想不到一个拉琴,竟抵得上"宝马"轻裘、锦衣玉食、钻石珠宝……更不要说九十九朵玫瑰那等小儿科。

秦不已听琴的神情,似乎不是用耳朵,而是用眼睛。不要说百看不厌,简直就是狼吞虎咽,恨不得把他一口吃掉。音乐呆子刘畅,从没有遇到过一个听众如此这般痴迷地听他演奏。每当此时,乐团最后一把大提琴手刘畅,便有了与世界名手马友友不相上下的感觉。

听琴时的秦不已,也是她最为性感的时刻。不明就里的人看了她那非同寻常的痴迷会想,她哪里是在听琴,简直是在做爱。而且每每刘畅拉完琴,果然都有一场酣畅淋漓的床上运动在等着他。

乐团里的同事也都不明白,方方面面都很平庸的刘畅,怎么攀上这样一个气度不凡的女人?他们常说:你不能不信,什么都是运气!

秦不已甚至想到了婚嫁。

初识刘畅,根本没有想到后来的发展,那天不过随朋友去听音乐会。音乐会开始前,朋友说到后台看看,因为最后一名大提琴手是自己的弟弟。

刘畅见到姐姐,没有嘘寒问暖、拉拉家常,更没有起身与秦不已寒暄两句,而是继续对手里的大提琴做演出前的调试。

看到刘畅的手指在琴弦上滑动,秦不已还想,这么粗大的手指!哪里像艺术家的?不如说是屠夫的!她错误地以为,艺术家的手指,都应该是修长的、骨感的。

她们在刘畅面前站了几分钟,看他调试。看着看着,秦不已对刘畅手指的外行评论,便不觉地渐渐消解。

而后,秦不已和那位来往并不频繁的女朋友有了更多往还,再后来就有了和刘畅的接触。

所谓约会,十有八九都是刘畅练琴,秦不已不过坐在一旁"看"他练琴。即便后来,他们也很少花前月下,风花雪月……如此,也不觉得他们的爱情关系有什么欠缺。尤其后来,当秦不已看刘畅练琴看出门道之后,更对那些小男女的卿卿我我不以为然了。

问题出现在有关"揉弦"的讨论上。

居然还是在床上。尽兴过后的秦不已问道:"哪一首曲子或交响乐里,揉弦最多?"

一头雾水的刘畅说:"揉弦是演奏者艺术个性的反映,是演奏者的临场发挥,并没有什么固定曲式特地为着揉弦的技巧。"

"既然如此,那你在演奏中为什么不多做几次揉弦?"

刘畅好一阵儿说不出话来。他不知如何向一窍不通的秦不已解释,便翻身从她身上下来,两眼瞪着天花板想心事。

仅仅作为一名听众的时候,秦不已还没显出这样的不着调,现在居然不甘听众的角色,竟要指导起他的演奏来了。而且不知是否自己多疑,秦不已的这种不着调里还有一种含意不明的侮辱。刘畅很不情愿地说道:"唉,哪有这样处理揉弦的……太荒唐了!"

"算我无知。"秦不已嘻嘻地说道。

可是刘畅并没有因为"算我无知"就过去。

最后一名大提琴手刘畅,并不因为自己排行最末便失去对音乐的热度。音乐呆子刘畅开始感到了和这样一个对音乐不着调,而且想要指导他演奏的人待在一起的危险。

其实看开些,音乐不也是谋生的一种手段?难道所有的音乐人,都得找个音乐知己做爱人?

音乐呆子刘畅的问题是,你不懂音乐没关系,却不能不敬。对音乐的不敬难道不是对他的不敬?在刘畅看来,同床异梦并不十分可怕,可怕的是对你和你所从事的职业的藐视。

或许,秦不已爱的既不是他,也不是音乐?所谓"知音"之说,不过是他的自作多情。

想到这里,音乐呆子刘畅吓了一跳——为自己竟然如此怀疑,也为他和秦不已的关系。

他们终于了结了。这次不是秦不已退出,而是刘畅的逐渐隐退。因为他最后终于肯定了自己的那个怀疑:秦不已爱的既不是他,也不是音乐,而是他的手指!

尤其当他演奏时,他的揉弦。

起初,秦不已对刘畅的手指并没有很多想法。可看着看着,就觉得刘畅那粗壮的时而在琴弦上揉动的手指,不是揉在弦上,而是揉在一团颤动的肉上。秦不已眼前,便幻化出继父切肉的情景,以至最后她也搞不清楚,那是刘畅的手指,还是继父的手指了。

其实刘畅粗壮的手指与继父那修长的手指有着天渊之别,却让秦不已回味不已。也许她回味的只不过是继父的鱼香肉丝?

在母亲从来不务家政的情况下,对秦不已来说,鱼香肉丝,已是她菜单上的上品。

而后……而后,就想起了继父的十个手指,揉搓在自己的乳房上的感觉。

最终分手的导火线也并不复杂——秦不已用门缝挤了刘畅的手指。

刘畅认为那不是意外,而是蓄意。

他们大多在外用餐,只偶尔在秦不已的居所晚餐。秦不已端着一钵面条走在前面,刘畅端着一盘菜走在后面,一前一后往餐室走去。

什么菜?忘了,事后刘畅怎么想也想不起来。但他清楚地记得,刚才还是好端端的秦不已,自这盘菜后,突然就不快活起来。当时她拿起筷子,尝了一口,说了句:"不对劲儿。"便将筷子一甩扔下,端起面条就往外走。

刘畅也尝了一口,既不咸又不淡,味道也不错,怎么就不对劲儿?要是秦不已不喜欢,他还可以吃呢,也就端着那盘菜跟上。

秦不已双手捧着面钵,只好用胳膊肘顶开厨房的门。不知是她没有注意紧跟其后的刘畅,还是只顾心里不快,总之,她没有为紧跟其后的刘畅挡住弹回的门,没有为他让出进出之地。刘畅担心后弹的门碰撞手里的菜盘,赶快用手一扶,门扇却极快地切换回来,不知怎么一来,就夹了他的手指。

刘畅努力使自己相信,那是秦不已在发泄心里的不痛快,而非有意如此。可心,仍禁不住寒飕飕的。

手指并无大碍,红肿几日就过去了。可自那以后,刘畅演奏时便失去了揉弦的激情与即兴,就像美声唱法的歌唱家,演唱时失去了颤音的表现激情。他总觉得,这个状况绝对和夹了手指有关。

如果不赶快离开秦不已,在大提琴的演奏上他会更加没有前途。

秦不已十分遗憾地问到缘由,刘畅回答:"不好说。"

"有什么不好说的?"她实在不想刘畅离开。

"太抽象。"

然后,刘畅便从秦不已的生活中消失了。

秦不已最终也没明白刘畅为什么拒绝了她。不过这件事再一次证明,不把爱情当回事儿才是正理。所以她也不曾为此痛苦,仔细想想,她对刘畅果然也不是爱。

二

有一个人可以使她起死回生,那就是母亲,她一次又一次伤害过的母亲。

如果秦不已还对生命有所依恋,她可以告诉医生,不必那样辛苦地寻找血源,只需给母亲打个电话。

但她绝对不愿让母亲再为她输一次血——她付给自己的已经太多。

对于母亲的血,秦不已实在交代不了。交代不了的,更有自己的羞耻。

这羞耻不仅仅是因为过去,更是因为现在!

许多人说:过去总会过去。

也许吧。问题是现在,现在依然如故。

不论什么事,如果仅仅一次,或许是偶然;然而无数次的重复,哪怕是心理上的重复,也就变成了蓄意侵犯,所谓量变到质变。

而有些侵犯可以忽略不计,有些则永远不可忽略。

或许,秦不已至今仍在渴望继父的肉体。在与诸多男人的交欢上,从没有哪个男人可与继父给过她的欢畅相比。

秦不已不甘地一次又一次地试着,寻找一个可以把继父从她心理的床上挤出去的男人,可都失败了。最后连她自己也觉得自己的性生活十分不检点,放在过去,居民委员会非向派出所报案她的有伤风化不可。

她是个伤风败俗的女人吗?她问自己。大概是吧。可是⋯⋯连她自己也解释不了自己心灵深处那一份错综复杂。

她只知道,今生今世,她大概是过不去这个坎儿了。

母亲救过她一次。

如果在母亲发现之前,她和继父的关系还可以掩耳盗铃地躲在阴暗的深处,像没这回事儿似的,可在曝光之后,秦不已就不得不直面这个由她自制的"恶心"。

自伽马射线发现以来,科学家们都认为,伽马射线是人类迄今为止所能看到的最为强烈的光。宇宙中至今还没有发现哪种光线的强烈程度能与伽马射线比拟,没有!

错!

科学家们想过"曝光"这个现象吗?尽管"曝光"与物理性能无关,但只有"曝光",才能与伽马射线一比高下——伽马射线可以切割人们的遮羞布吗?在一片无足轻重的遮羞布前面,最强烈的伽马射线可就崴泥了。可是"曝光",却可以切割任何人类精心织就的遮羞布,特别是在人类那一息尚存的教化的配合下。

之后,母亲什么也没有和她谈过。和继父是否有过对话,她不得而知,但是可以想见,不然继父不会突然消失。

秦不已猜想,温文尔雅的继父,绝对不是在责任面前逃跑的胆小鬼,想必母亲和他之间有过谈判、交易。

说起来继父不是亲生父亲,可在秦不已的理念上还是乱伦,又无颜面对母亲;而继父那张床也只是在瞬间属于自己……然而,她是如此渴望那张床啊!如此,世界上还能找到一个比她更恶心、更伪善的人吗?难道她还不应该惩罚自己?

太多的难堪无法面对,只好割腕自杀,在那个黄昏。

伴着黄昏渐移的影子,秦不已静静辨听着从血管里流淌出来的血的诅咒——自己的,也是母亲的。

鲜血的诅咒,让秦不已得到了久违的安宁。是啊,诅咒吧,诅咒吧! 只有这样,她才会感到些许心安。

事发之后,母亲费珍珠几天不见人影,偏偏那天回家,为第二天的远行准备行囊,更或许以为那时秦不已不会在家。

自几天前的那个夜晚,秦不已撞开母亲和继父的卧室后,她们总是有意岔开时间,避免面面相对,也几乎没有过对话。

无论说什么,都是不好张嘴啊。

不是仇恨,而是尴尬。

稍有自尊的人,都不知道该如何面对这样的关系。如此说来,秦不已是有自尊的人了?而母亲呢,当她们照面时,甚至比秦不已更加羞惭。

鲜血从厕所门下无声无息地流出,母亲关在她自己的卧室里。

安静地等待结束的秦不已,居然还能听见母亲开关衣橱的声音。

整个儿黄昏,费珍珠也没有使用过厕所……可就像有人给了她当头一棒,她突然跳将起来,冲出卧室,目标明确地直奔厕所。

厕所的门被秦不已锁住。可什么能挡住一个母亲在拯救自己孩子时所爆发的能量?费珍珠甚至来不及寻找铁器,凭自己的力气就把厕所的门撞开了。她的眼镜也被自己踩成了涮羊肉的小漏勺,但她竟然能在没有眼镜的情况下找到了被秦不已拔掉的电话线,并拨通了急救中心的电话。

从始至终,母亲没有对她说过一句话,不论是安慰还是责怪。

流血即刻被随急救车而来的大夫止住。但秦不已从没有睁开过眼睛,或倾诉一声自己的虚弱、疼痛。她无法忍受的是脸上那被掴了耳光似的灼热……

那一次,秦不已没有死成。但这并不能说明她不该死。

她可以再接再厉,再自杀一次。但她忽然想明白了,她是壮志未酬啊!继父消失之后,她独自一人的自杀,就太不上算了。她得留着自己的命,以便日后派大用场。

秦不已的肉体有多少与继父交欢的渴望,就有多少渴望杀死继父的决心。倒不仅仅是为了偿还自己的罪孽,更重要的是为了斩断自己的孽根。

于是她冷静地走出自杀。作为应届高中毕业生,她放弃了报考清华、北大两所名校,那曾是母亲寄希望于她的,而她也有报考的实力。她胸有成竹地报考了偏远地区的一所大学,为的是连寒暑假也可以借口路程遥远,不必回家与母亲相对。

对于这几乎丧失前程的选择,母亲什么也没有问,只听不出地轻叹一声。与其说是秦不已听见了母亲的那声轻叹,不如说是感觉到的,因为她心里同样也锁住了这样一声未尝不是疼痛钻心的叹息。

除了自己,秦不已不责怪任何人,不过母亲很少在家也是事实。

母亲是优秀的地层学家,长年累月工作在深山老林、荒山野岭,从成层岩石构造的变化,探测地层、地质变化的历史,为地质学提供研究基础,而且颇有成就。

有些人虽然活在当今,可他或她并不属于这个世界。比如母亲,属于邈远的、过去的世界;比如墨非,属于邈远的、未来的世界;只有自己,属于这个俗不可耐的、物质化的当今。

母亲不但把青春献给了地层学,也把天伦之乐、爱情、家庭贡献给了地层学。出差回来,她可以把其他乘客的鞋子从卧铺车厢穿回家,还浑然不觉,可她永远不会忘掉任何一个工作上的数据。

父亲正是因为"家不成家"才弃家而去,并且说,他不喜欢家里充斥着陌生鞋子的味道。

而继父正是因为母亲的才华、奉献精神,才迷恋上这种知性女人。

那时母亲不到四十岁,风韵犹存。据说她和继父在朋友的婚礼上相识。然而一个浪漫的婚礼,却未必导致一个玫瑰似的结局。

南边的天和北边的地,也真是无法凑到一起,而母亲和继父的婚姻,整个儿一个天南地北!不论在理论上,继父多么向往母亲这样的知性女人,但理论是理论,生活是生活。

继父倒没有对陌生的鞋子和它们的味道发出过怨言,但是他酷爱小东小西给他的感受。可以想见,继父多么渴望与母亲的耳鬓厮磨、朝夕相守,可是他很少有这个机会。他们的婚姻几乎是纸上谈兵,而一旦有了机会相聚,自然是久别胜新婚。

也许因为长年待在海上,继父对陆地上一切可以触摸的、实实在在的东西都无比眷恋,比如美食。当然母亲也喜欢美食,可她从不肯为此做出一丝努力。简而言之,继父就像家庭妇女,而母亲更像家庭"妇男"。

秦不已是有父有母的孩子,但她不停地流浪在父亲、母亲、继父之间。

当母亲在家或继父在家时,她便会留在自己家里;当继父去远航或母亲去远方勘探时,她就待在父亲家里,和继母以及同父异母的妹妹在一起。也就是说,她有居所,但是没有家。

可以想见,每当继父出海回来,又有那么一段日子可以待在家里的时候,秦不已便在若干天内可以看到一个"家人"的身影。而正因为这个身影,家里便有了人间烟火,对一个孩子而不是独身主义者来说,人间烟火是多么不可或缺的内容。

继父的鱼香肉丝,是秦不已的最爱。除此,继父也做不出更多的山珍海味,可对于有居所没有家的秦不已,那就是上上佳肴。此后,她觉得再也没有人能够烧得出如继父烧出的这般美味的鱼香肉丝。

她守在灶火旁,并非只等着那道菜的出炉,而是因为在那里她嗅到了一股难得的"家"味儿。那氛围,真让她珍惜。

有时她又守在继父身旁,看着他如何熟练地把一块傻大黑粗的肉切为苗条细致的肉丝。那细长的手指,十分灵活地在刀和肉块、肉丝之间挪动着,简直就像在弹奏什么乐器,而不是在切制让她口舌生香的鱼香肉丝……到了最后,秦不已已然说不清,自己是在等着鱼香肉丝出锅,还是在欣赏继父那细长而灵动的手指。

就在这样的厮守中,秦不已渐渐长大。

秦不已长得太快了,只有十二岁的时候,发育得就像现在这样成熟。

故事发生得很通俗,不能说是意外。从某种意义乃至心理上来说,甚至禁不起推敲。如果推敲起来,很可以说是蓄谋已久。

此后,每当秦不已听到诱奸方面的故事,都不太相信完全是男方的犯罪行为。很多情况下,那是两厢情愿。

十二岁那年夏天,有一场泛滥成灾的暴风雨。闪电从窗口蹿进,又畅通无阻、随心所欲地在房间里穿行,似乎在寻找一个在逃犯。那一刻还是天真无邪的秦不已,就已担心害怕它会将自己裹挟而去。而响雷几乎震得她失聪,那动静非常恐怖,像是上帝特地指派它来,劈死那些隐蔽极深、伤天害理的罪人。

秦不已那时的胆子可不像后来那样坚如磐石,天也不怕地也不怕。

电也断了,想找个光亮来依靠都没有。况且哪个女孩子没害怕过打雷?太害怕了,只好跑到继父床上,让继父搂在怀里。

从未接触过继父身体的秦不已,先是在继父的怀抱里安顿下来,继而又颤抖不已。从安顿到颤抖之间的时间间隔,颇为值得探究。不论秦不已还是继父全都明白,这颤抖当然不是来自恐惧。而哪个男人不明白发生在女人身上的这种颤抖?即便那是一个十二岁、尚未完全长成的女孩儿。

秦不已的颤抖,像在房间里游窜的闪电,刷地就从她身上传递给了继父。继父的手指,禁不住向她身上不该爬过去的部位爬去。

这时,秦不已似乎有些明白,为什么自己那么喜欢守在继父一旁看他切肉丝了。其实到了后来,继父那细长的手指好像已不是在肉块和肉丝之间游动,而是在她的胸口游动。这是她一直不肯面对、不肯承认的感觉,更不知道自己为什么会有这样的转变。

在继父手指的拨弄下,那被上帝指派来劈死伤天害理的罪人的响雷,无论如何也不能让秦不已退缩了。她无法战胜自己的渴望,那渴望比天理还强大。她想,让响雷劈死也是死,让渴望折磨死也是死。

结果可想而知。

事后,继父痛苦不已,老得也很快。他最多的感叹是:"不幸的是,你长得太像妈妈了……"

秦不已不懂,自己为什么对继父的这句感叹恨之入骨。

及至渐渐年长,她才明白,继父之所以和她在床上纠缠,是因为她像母亲!

那么,继父是将自己当作母亲的性爱代理了!这仇恨使得秦不已更加狂热地想要变作自己,结果是她在床上的表现更使继父难解难分。

有一段时间继父很少回家,好像长在了航船上。最后却终于抗不住秦不已的这种表现,只得更为频繁,也更为烦恼地回到家里,晚上自然和秦不已重蹈覆辙。

一年年长大的秦不已明白了一些事理,她不是没有挣扎过,可最终也无法断绝这种恶心的关系。如同瘾君子,明知一口口吸食的是自己的生命,却无法断了这一口。而且她和继父的关系比之吸毒还要可怕,因为他们每一次性爱的狂欢时刻,也是承担千古道德裁判、鞭挞、惩罚的时刻。

尽管他们已深度进入彼此的身体,却变得比陌生人还陌生。不像早年,无话不谈,亲密无间,继父甚至常常胳肢她的胳肢窝,刮她的鼻子头……

继父也不再为秦不已炒鱼香肉丝。即便母亲回家休整,让继父炒一道鱼香肉丝的时候,秦不已也不会再站一旁,看他如何切肉丝了。

一切都已过去,一切又都刚刚开始。

直到高中毕业那一年,被母亲发觉。

继父那次返航,恰值母亲也回家短期休整,那是他们难得相聚的机会。正版母亲现身后,自然没有了秦不已的位置。加上久别胜新婚,情浓性更浓。

其实,这些动静秦不已未尝没有见识过。只是她那时还小,不懂那是什么,更没有加入这个有你没我的行列。而现如今的秦不已,已经变作女人,一个女人对自己男人的另一个女人——哪怕那个女人是自己的母亲,也是一个谁也不能逍遥度外的战局。

那一夜,秦不已的听觉变得分外灵敏。她听到了卧室里的声响,那是她无比熟悉的声响,而那不应该仅仅属于她和继父?

她如醉酒般不能自已,猛地一下推开母亲和继父的卧室,痛苦地看到母亲和继父赤裸裸地纠缠在一起。那在床上赤身裸体的,本应非她莫属,怎么变成了母亲!可她又不能撕破脸皮与母亲争个胜负,更不能把母亲赶下床去,只得惨叫一声,摔门而去。

卧室的门是摔上了,另一扇门却豁然大开。

智商极高的费珍珠当然感到了异常。用不着福尔摩斯,她就从秦不已那含意复杂的惨叫中得到了答案。

一夜之间,费珍珠的虹膜上布满了黑色的斑点,那当然是遭受强烈心理打击所致。

继父破堤般地一溃千里,将事情原原本本托出。然后转眼不知去向,从此再没有出现。

对以航海为业的继父来说,消失的借口是容易制造的,这也许是他早就想要的结果。

凡事镇定的费珍珠,此时也乱了方寸。有那么一会儿,智者费珍珠变成了一头母狮子,恨不得把这个男人揪回来,一枪毙了他,如果她手里有枪的话。当初怎么就看上这么一个渣滓!可见,什么温文尔雅、绅士风度,不过都是面具。

那么后来,秦不已在关键时刻的作为,看来还是有所传承。

费珍珠没有哭天抢地,那不是她的作风。她给航运公司打了电话,公司回答说他们也在找这个人,因为航船一天后就要起程云云。当然不是搪塞,想必他是不敢见人。除了卑劣,竟还是一个不敢承担责任的男人!还不如某些黑社会的男人,敢作敢当。

冷静一会儿她就明白,此时此刻,不能感情用事,甚至不能到派出所报案,不能到法院起诉,那样一来,女儿就落在了小市民足以淹死人的口水之中,她这一辈子更是没法儿活了……

费珍珠只能忍了。为了秦不已,她只能忍了,从此再没提过这档子事。斩钉截铁,利利索索。

在费珍珠看来,婚前性行为并不值得大惊小怪,但发生在秦不已身上的这个行为,却危害甚大。一是事发时年龄太小,二是和母亲的丈夫。也许秦不已目前还不十分懂得这危害的重大,等到更为年长,与母亲合用一个男人的事,就会成为一把无时不在斩剁她灵魂的快刀。

不论情况如何,事情又如何发生,费珍珠不想知道。因为,无论什么原因,秦不已几乎还没有开始的人生,已然完蛋。

跟着一起完蛋的还有她自己,还有她和女儿的亲情。

试问,今后她们母女将如何相对?

秦不已,秦不已,你怎么如此糊涂? 你怎么就不知道,这个世界上,还有什么比血缘更值得你信赖和珍惜?

费珍珠想起秦不已曾经问过她的那句话:"妈妈,您不觉得孤独吗?"

当时她回答得多么潇洒。如果现在秦不已再这样问她,她将如何回答?

她不会对秦不已说什么,但她知道,现如今她孤独了,无比地孤独了。

关爱她的父母、兄嫂都健在,可只剩下了她孤零零的一个人。没着没落。真的。

她的现任丈夫当然罪责难逃,毕竟秦不已还没成人。

第二个罪人就是她自己。作为母亲,无论如何她都难辞其咎。难道不正是自己,把秦不已推向了那个男人?

不是吗? 她怎么就把少不更事、没有自制能力的女儿,放心大胆地交给了一个陌生的男人! 即便亲生父亲,恐怕也不可全信。

费珍珠无比悔恨,叹世事无常,叹人品莫测。地层结构再复杂,终了的结果却很清晰,而人生的结果,无可估算。从来自信的她,一下子失去了自信。对他人来说,失去自信可能是常有的事,也算不了什么,而对费珍珠来说,简直就是颠覆她全部的人生。而她又是多么在意人生价值的一个人,哪怕没钱,没地位,没爱情,都不能让她如此失落。

不能说她不爱秦不已,可她的生活里没有秦不已的位置也是事实。这是失去秦不已之后,费珍珠才意识到的。

"工作狂"当然是一个合适的托词,但尚不足以说明,何故使然,她总是从家庭生活中逃离?

如果说过去这个家是个残缺的家,那么现在这个家,就是一个病入膏肓的家。

费珍珠从秦不已那声惨叫中得知,她和女儿的关系,除了母女,竟然还是情敌!可她毫无嫉妒之心,只是觉得无比恶心。

"情敌"?

有哪个男人值得自己为之争夺?

费珍珠的冷傲救了她,还是害了她?这冷傲与生俱来,还是后天所得?

对于男人,费珍珠从骨子里是不珍重的。自青春年少,她也没有为了哪个男人失眠、流泪、痛苦,甚至看到那些女同学为爱情生出诸多烦恼,暗中是蔑视的。记得中学时一次垒球比赛,她一棒垒球打在一个男同学的膝盖上,听到他疼得哇哇直叫,心里不但没有同情,甚至还有些蔑视——一个男人,竟这样的娇气!

难道在她的人生经验里,有过男人制造的伤痕?没有。父亲非常顾家,从无寻花问柳的记录;母亲贤淑;哥哥事业有成;就连嫂子,对她也是爱护有加。全家都以她的优秀而自豪。

小学到大学,永远第一名,有时课堂提问,竟把老师问得十分难堪。费珍珠不是有意如此,而是多思使然。闹得老师也常常不由自主地给她出难题,她却也不觉得是刁难,甚至觉得还能在这种智斗中一展才气呢。老师对她是又憷头又喜爱,逢到上级视察教学,或是校与校之间的学科比赛,那些出难题的老师又总是拿她去撑门面。

自然,费珍珠在学校里没有知己,不论"红颜"还是"蓝颜",她看不上那些今天好、明天恼的小把戏。不过谁要是需要补课,或是有了难解的家庭作业,她总是十分慷慨地帮忙。慷慨而已,与友情出演没有关系。

也没有女孩子差不多都有的私密小盒子,里面装着求爱的信件,或青春时代的日记,或曾经的定情之物。

费珍珠好像乘着直达快车,一下子就从青春年少到了未老先衰的成年,从未幼稚过。从来不曾有过幼稚,会不会也是人生的一个缺失?

如此,哪个男人还能对她有兴趣?即便后来参加工作,甚至参加国际专业会议,有机会认识更多的男人,也是有开始没结果。初始,对方尚不知她为何许人也,或许会有那么一两次约会,一旦知道她几斤几两,或者看到她发表在学报上的论文,则多半知难而退,马上踪影难觅。

费珍珠也就释怀一笑:原来全世界的男人都一样,都消受不了一个事业、智力、精神、品位比自己强悍的女人。

秦不已的父亲能向她求婚,可说是少有的勇敢。毕竟在他那个领域里,他也是首屈一指的佼佼者,这也许就是他敢于向费珍珠求婚的资本。

可谁见过从不贬值、蚀本的资本?如果不思进取,不持之以恒地努力,很快就会成为过去。与费珍珠婚后,不知是否慑于妻子不断升级的成就,他的才智像是有你没我地受到了挤迫,事业频频遭遇瓶颈……在他人看来,他提出离婚的理由颇为荒谬——不喜欢家里充斥着陌生鞋子的味道。可那真正的理由,又怎能说得出口?

可以说,男人,也是将费珍珠挤进"工作狂"的动力之一。不然,她还有什么可干?或是说,还有什么可以寄托?

就此,秦不已曾问过她:"妈妈,您不觉得孤独吗?"那时候,她们无话不谈。

费珍珠还真认真地想了想,说:"除了洗澡之后,涂抹润肤霜够不着后背,其他也没感到什么不便。"

秦不已说:"亏了您不是社交名流,不需要经常穿拉链在后背的晚礼服。"

费珍珠听了哈哈大笑:"社交名流?我跟那个东西有什么关系?别糟蹋我啦!"

新婚之夜,费珍珠对新任丈夫说的第一句话就是:"终于有人可以帮我涂抹一下后背上的润肤霜了。"——绝对不是玩笑。至于对方有什么感觉,不得而知。

后来就知道,即便这样的荣幸,也因费珍珠长年的野外生活而变得弥足珍贵。

说到秦不已的胜利,多半是青春的胜利。青春果然是应对男人的无敌法器,也是青春女人的英雄用武之地。可谁让青春自己那样地朝不保夕,只看眼前,不屑将来?

反过来说,这为着男人的武器,岁月之后自然也就被男人丢弃。如果女人不自寻独立之路,一旦失去这个武器,还有什么呢?想到这里,费珍珠真为女儿感到委屈。秦不已原本可以成为像自己一样的女人,可她怎么一点儿也没有继承自己对男人的这份觉悟?这样的女人是永远没有主动权的。

费珍珠不但不屑于这样的武器,更不屑于争夺男人的战争。她追求的是事业的承认、科学的认可,那才是一个坚实可靠的肩膀。比起事业、科学的肩膀,有几个男人的肩膀足够坚挺?

她当然有对异性的需要,哪怕从生理上来说。可如果要她为此付出过分的代价,就太不上算了,还是免了吧。

自秦不已远走他乡之后,费珍珠也就更加长年不归。即便秦不已后来毕业回到北京,就业、发财,她们那个家,也只是徒有其名而已。

远在万里之外的费珍珠,如果知道这一次女儿彻底没救,又会作何感想?

对多年生活在煎熬中的秦不已来说,这难道不是彻底的解脱?

那么能不能说,费珍珠上一次对秦不已的拯救,只是一个不理智的、对母亲职责的交代,而不是救秦不已于煎熬中的一个交代?

而且,对秦不已这一次无可挽回的死亡,智者费珍珠又有什么回天之力呢?

三

"他真的死了吗?"这是秦不已清醒之后的第一句话。

墨非实在不愿意回答这样血腥的问题。可是他知道,秦不已没有多少时间了,也不可能得救了,能提供 RH 阴性这种血型的人实在太少,尤其在这个地区。据大夫说,他们这个人种,RH 血型尤其少有,医院需要请求国际医疗机构的援助,已在电脑上发出紧急求援信息,但至今还没有回音。也许是这个小岛子上的通讯不畅?

"是的。"墨非勉强答道。一个人到了这种时候,想的还是一个手无寸铁的对手的存亡,真的很残酷。之所以残酷,理由肯定是有的,可这样的理由不知道也罢。

还有什么呢?

秦不已的脚步再没有任何必要稍作停留,更没有什么好交代的,没有了。她终于成长为那样一只母螳螂,享受性爱之后,把公螳螂的脑袋咬了下来,并吃进了自己的肚子。如此,她还能有什么遗憾!

秦不已慢慢地抽了口气,她真的快不行了,她知道。她也不相信墨非所说,血源就在飞来的路上,她并不需要这个善意的谎言。

渐渐地,秦不已的目光变得从未有过的柔和,好像深藏的秦不已此时已再不需要掩盖自己。她安详地看着墨非,显然有话要说,可又拿不定主意要不要说。

她果真想在离开之前解释一下自己的行为,或想告诉他自己的来龙去脉吗?

不,不是。

沉思良久,秦不已终于开口问道:"你知道二〇〇六年一月一日那条早间新闻吗?——由于地球转速减慢,自那天始,时钟拨慢一秒。"

这句问话的意思是:墨非,你发现的古玛雅人计算世界末日的那个公式,已然没有任何实际意义了。

谁知墨非洒脱一笑:"知道,早就知道。"

说到底,这公式也不过是一个"曾经"。

地球的转速,也不是自二〇〇六年起才有这一秒钟的减速。

从它诞生那天起,它的转速就随心所欲,忽快忽慢。比如现如今地球上的一天,已比初始的一天少了十八个小时……也就是说,那时的一天,约为四十二小时。

而且影响地球转速的因素,实在太多了。

不同的季节、海水的升降、太阳或月亮对海水引力的变化,还有月球的逐渐远去……谁知道它是不是在逃避这个令人厌恶的地球?它离地球越远,绕地球公转的周期也就越长,可谁能留得住它呢?……凡此种种,都会使地球的转速发生变化。

玛雅人在设计那个公式时,以一天多少小时为准?肯定不是如今的二十四小时零一秒。更不要说到影响地球转速的多种因素在时间长河里的千变万化。可以肯定的是,玛雅人在确定那个公式时,只能以公式产生当时的各种数据为准。

这样说来,玛雅人那个计算世界末日的公式,在当下还有多少实际意义?

相对宇宙的历史,玛雅人的那个公式,也不过是短暂的,只在公式产生的当时有意义罢了。

知道!

在秦不已看来,墨非那一笑,还带着"千金散尽还复来"的无所谓。

即将远行的秦不已听了墨非的回答,那越来越苍白的脸上全是茫然。这是一个与自己多么不同的人生态度,是不负责任还是过于负责?是游戏人生还是真正领略了人生的真谛?

如果把墨非换作自己,他会如何处理这样的一生?

秦不已真想问个究竟。可问个究竟又有什么意义?她这一生,已如一张千疮百孔的破渔网,再也无法补缀了……

"那你为什么还要穷追不舍?"

墨非也说不十分清楚,对这世上不知多少人孜孜以求而不得的东西,自己为什么会是这种态度。

人类一直在探寻何谓不朽,可世上真有不朽的东西吗?可以不朽的也许是那些相对而言非物质性的东西,比如记忆、信息。然而谁能担保记忆不会因死亡而中断,信息不会在流传中散失?

永恒又是什么?只有处于既没有未来,也没有过去的定格状态时,才能成就为永恒。

"结果"对人真是那么重要吗?而"结果"又是什么?我们一生的奔波、劳碌、烦恼……都是为了一个"结果"?

玛雅人有关世界末日的公式,不得不遗憾地成为过去。以为自己可以上天又可以入地的人类,如果不甘于这个结果,何不根据这一秒钟的变化,再计算出一个世界末日的公式?

显然,人类再也无法逾越、无法抵达古玛雅人的天空……

墨非不认为人类会有一个乐观的未来。不知他人如何,他之所以苦苦追寻已然消失的文明,只是对彼时的情状充满好奇。然而在这探知过程中他有些明白了,过去和未来可能是一回事。这有点扫兴,也有点可怕——人类付出了如许努力,结果却是如此滑稽,或是说不必。

在对数字的形体描述中,墨非偏偏对"0"的具象描述感到困难,现在似乎得到了灵感,"0",那不就是周而复始的意思?

谁能说清楚"0"的头和尾?"0"上的任何一点,都既是开始之点,也是结束之点,可也都是再一个周而复始的、循环的起点。

…………

值得庆幸的是,他不必再活五十年。五十年后,人们也好、地球也好,爱怎么着就怎么着,不管世界末日是哪一天,世界又会以怎样的方式结束,与他是一点儿关系也没有了。

对他来说,知道果然有过这样一个公式,知道古玛雅人没有糊弄后来的人类,知道马力奥·佩雷兹神父并没有将最重要的玛雅文明毁灭,知道自己的闹腾不是徒劳……如此,他已经很满足了。

可如何才能对秦不已说清自己的所思所想?在她就要离去的时刻,这样的话题太不合时宜了,最后只能说:"还记得我们露宿汽车站那夜听到的那支歌吗?……'灵魂是用来流浪的'……就是这样。"

"不,你错了,那句歌词是'灵魂是用来歌唱的'。"

"灵魂是用来流浪的。"

"歌唱的!"秦不已早已没有力气说话,可不知为什么还要这样拼力地纠正墨非,也许是一种说服、求证、较量……和墨非吗?不,也许是和自己。她就要离开了,难道不该对左右了自己短暂一生的根由闹个究竟?

"也许是吧。不过改为'流浪'又有何不可?算是我的再创作,或是移植……"

秦不已终究不能明白,容她反问的时刻太短暂了。这才是最后的、转瞬即逝、永远不能返回的时刻。不过,还来得及感受对墨非的羡慕。

她和墨非,都算是"不虚此行",只是缘由如此不同。

这是一个和自己多么不同,多么自由自在,没有什么可以使他滞留的灵魂。如同一颗星星,偶然流落俗世,终归还会回到天上。

如果再给她一次机会,她愿意有墨非这样一个人生,这样一个只是为着"流浪"而生的灵魂。

也想起墨西哥城那位老者离别时对她说过的话:"无论如

何,还是宽放吧,人生说不清楚的事太多了……"

不多几滴泪,从秦不已干枯的眼角流了下来。
即将远行的秦不已的手,被握在了墨非的大手里。
好暖和的一双手啊!

自十二岁那个雷电交加的夜晚之后,二十多年来,秦不已久已未从一个异性那里感受过如此干干净净的温厚了。只是温厚而已,没有别的。

仅就这一点,没有多少时间可留的秦不已,没有感到死亡的哀伤,而是升腾的喜悦,或说是回归——她恢复了正常。

"再等一等,血浆马上就到了。"

话虽这么说,墨非并没有多少信心。在整个救治过程中,他看到了过去若干天相处时从没看到的一个细节——她的手表不知哪里去了。也许掉进了海里。平时被表带掩盖的手腕,有一道横切静脉血管的惊心动魄的刀痕。很显然,秦不已曾经割腕自杀,只是未遂。

记得第一次在酒吧见到她时,她那块"巨"大的手表就引起了他的注意。当时还调侃地想,那没准儿是一种功能超强,集手机、相机加手表于一身的新式手机呢。

难怪她戴的手表"巨"大。难道是为了掩盖这道疤痕?

一般来说,自杀未遂的人,不会再有勇气重蹈覆辙。而秦不已能有第二次,说明她决心已下。如果一个人自己坚决不想活了,那任何人也无能为力。

确如墨非所说,血浆已在飞来的路上,只要秦不已再等上二十多分钟,她便得救了。

还要等什么?秦不已又糊涂了。

她不是已经等了二十多年,而且终于等到了——她恢复了正常?

知道吗,墨非?她应该等的不是血浆,而是另一个起点。

……还有哪个结局比眼下这个结局更好?而且,无论如何来不及了。来世,来世吧。

于是,秦不已死于RH阴性血源的不能及时供应。

墨非的一个发小儿,如今已是首都某大医院最牛的大夫,就曾对他说,别看世界已经进入二十一世纪,有五分之一的人仍然死于误诊,或是人类对疾病的毫无所知。但无论如何,诊断书上有关秦不已的死因,对她来说,还是太牵强了。

在她遗留下来的护照、信用卡上,墨非看到了她的名字——秦不已。

墨非现在才知道,她叫秦不已,一路上他都没有称呼过她的名字。反正就是你我二人,即便没有称呼,也知道是在对谁讲话。

只要把她的护照交给当地使馆,马上就能找到对眼下这个局面可以做主的人选……

或是打开她的手机,总能找到一些信息,以便后事处理。但除了一条指定时间发出的短信,不论接听记录,还是电话簿、通话记录、收件箱、已发信息,一概被秦不已删除。

短信上写着:"妈妈(尽管我没有资格叫你妈妈),即便结果如此,也无法证明我对你的爱。来生吧,但愿来生能够重做你的女儿。相信我,那一定会是一个好女儿。"

墨非握着手机,反复读着那条短信,思量着她删除所有信息的动机。这是唯一可以探知她意愿的线索了。

最后墨非确认,秦不已不愿通知任何人,也不愿任何人来处理她的后事,甚至根本不希望处理她的后事,包括她的母亲。不然,她不会在短信里连自己身处何处都不透露。

正在这时,秦不已的手机突然响了,吓了墨非一跳。有那么一会儿,他甚至觉得秦不已没有死,或是她又活了过来。他犹豫了一下,不知道该不该接听。无论如何,这个来电与故去的人肯定有关,但同时也毫无关系了。

只要接听这个电话,或是短信,很可能就可以得知秦不已的来龙去脉,当然,对方也就可以知道她的结局了。但墨非知道,那是秦不已所不希望的。

即便这个人已不在人世,可是她的尊严还活着。

…………

作为她的朋友,哪怕是相识短暂的朋友,墨非为秦不已的后事做了安排。

知道秦不已不喜欢与人沟通,墨非留下了这个手机,他会一直保留它。如果真有来生,如果像她所说,如果有缘,他们将会再见,那时他将交还这个手机。

墨非也永远地关闭了秦不已的手机。他将会替那个已不在人世的女人珍藏那条短信。这是一个人对自己一生的总结。谁也不能手指一按,就删除这个人对自己一生的总结。

至于秦不已的信用卡和护照,到时自会停止使用,抑或银行会根据申请资料,通知她所在单位,或家人——如果她有的话。当然,她有母亲。短信上说得很清楚,可是墨非更想遵从秦不已的遗愿:等待来生。

若干天后,墨非回到了北京。

几乎与生俱来,没有一天不伴随着他的魂不守舍,从此消失。好像它们从此"认祖归宗",有了着落。

回到京城的头几天,墨非没干别的,赶紧在电脑上录下此番旅行的种种奇遇,以及他在库库尔坎神庙上如何破译那个公式的过程。

奇怪的是,在他就要结束这个工程不算浩大可也不算小的录入时,电脑下部出现了一行又一行闪烁的字,且速度极快。他本以为那些字是自动系统的什么提示,便忙去辨认,免得下面的操作出错,可那些闪烁的字,无论如何不再重现。看看电脑,也没有黑屏,想来并无大碍,好在已录入完毕,便存盘关机。

有那么一天,墨非想起了秦不已。尽管她已不在人世,想起在这短暂的人生之途上,有过这样一个短暂的朋友,还是"别有一番滋味在心头"。

有人说:"当一件事情是严肃的时候,它才是美丽的。"那么,他在此番旅行中遇见的人和事,算是美丽的,还是恐怖的?——如果把恐怖也归类为严肃的话。

于是打开电脑,在文件夹中选了《灵魂是用来流浪的》,打开,却是一片空白。

至此,墨非还不认为有什么问题,又打开 C 盘、D 盘,照旧一片空白。那么移动硬盘呢?也是一片空白。

请了特别内行的电脑专家修复,还是一个符号也找不到。不像过去,偶有遗失,总能将硬盘中的储存修复,哪怕是碎片呢。

也就是说,此番远行,现在是只"落了片白茫茫大地真干净"。

就像人生。

墨非双膝一屈,跪坐在地,仰天大笑:哈哈,哈哈!

是的,这是玛雅人在帮助他忘记,忘记此行际遇,忘记为什么而去,为什么而来,忘记那一组数字,忘记世界的末日……

姐姐说:"你回来之后,好像变了一个人,简直就像个佛教徒。"

墨非只是一笑,算是回答。

日子还如从前一样过去,又和从前不一样地过去。

尾　声

　　家里最大的变化,是姐夫被绑架的撕了票。公安部门正在立案侦查。
　　不过每临大事有静气的姐姐说,真凶很难抓获。
　　谁知道她是什么意思?
　　夜夜笙歌的排箫,没有了动静。就像从未有过,或像轻风一样,一丝痕迹也没留下。
　　墨非不再需要服用安眠药便能安然入睡,自然也就没人劝他再去"晒晒太阳"。姐姐甚至说,墨非能有今天的结果,都是因为听了她的话,到那个小岛上晒了太阳。

　　久日没有听到芳邻的动静,墨非以为她已搬离。可是某个晚上,又听到了哭声。
　　难怪她还安居在这里。可不是,再也没有人骚扰她了。
　　邻居了若干年,从不相问的墨非敲开了她的门,倚在门上问道:"有什么需要帮助的吗?"
　　她说:"我的猫丢了。"
　　"别担心,我帮你找。"

绝不是廉价的安慰。对于这一点,墨非相当自信。

完稿于　2008年7月
定稿于　2009年1月

后 记

"有人生来似乎就是为了行走,我把这些人称为行者,他们行走,是为了寻找。寻找什么,想来他们自己也未必十分清楚,也许是寻找心之所依,也许是寻找魂之所系。行者与趋至巴黎,终于可以坐在拉丁区某个小咖啡馆外的椅子上喝杯咖啡,或终于可以在香榭丽舍大街上走一遭的人,风马牛不相及。行者与这个世界似乎格格不入,平白的好日子也会居无宁日。只有在行走中,在用自己的脚步叩击大地,就像地质队员用手中的小铁锤探听地下宝藏那样,去探听大地的耳语、呼吸、隐秘的时候,或将自己的瞳孔聚焦于天宇,并力图穿越天宇,去阅读天宇后面那本天书的时候,他的心才会安静下来。祝勇正是这样一个行者。对于路上遭遇的种种,他一面行来,一面自问自解,这回答是否定还是肯定,他人不得而知,反正他自己是乐在其中。不过他是有收获的,他的收获就是一脚踏进了许多人看不见的色彩。"

——说的是祝勇的小说,其实是说我自己。